MY HERO ACADEMIA

僕《ぼく》のヒーローアカデミア

雄英白書

I

1-A：授業参観

堀越耕平《ほりこしこうへい》　誉司《よし》アンリ

JUMP j BOOKS

雄《ゆう》英《えい》高《こう》校《こう》生《せい》徒《と》&《アンド》教《きょう》員《いん》名《めい》簿《ぼ》

ヒーロー科《か》：1年《ねん》A《エー》組《くみ》

飯《いい》田《だ》 天《てん》哉《や》
誕生日《たんじょうび》：8月《がつ》22日《にち》
個性：エンジン

轟《とどろき》 焦《しょう》凍《と》
誕生日《たんじょうび》：1月《がち》11日《にち》
個性《こせい》：半冷半燃《はんれいはんねん》

爆《ばく》豪《ごう》 勝《かつ》己《き》
誕生日《たんじょうび》：4月《がつ》20日《か》
個性《こせい》：爆破《ばくは》

緑《みどり》谷《や》 出《いず》久《く》
誕生日《たんじょうび》：7月《がつ》15日《にち》
個性《こせい》：ワン・フォー・オール

八《や》百《お》万《よろず》 百《もも》
誕生日《たんじょうび》：9月《がつ》23日《にち》
個性《こせい》：創造《そうぞう》

麗《うらら》日《か》 お茶《ちゃ》子《こ》
誕生日《たんじょうび》：12月《がつ》27日《にち》
個性《こせい》：無重力《ゼログラビティ》

峰《みね》田《た》 実《みのる》
誕生日《たんじょうび》：10月《がつ》8日《か》
個性《こせい》：もぎもぎ

常《とこ》闇《やみ》 踏《ふみ》陰《かげ》
誕生日《たんじょうび》：10月《がつ》30日《にち》
個性《こせい》：黒影《ダークシャドウ》

尾《お》白《じろ》 猿《ましら》夫《お》
誕生日《たんじょうび》：5月《がつ》28日《にち》
個性《こせい》：尻尾《しっぽ》

芦《あし》戸《ど》 三《み》奈《な》
誕生日《たんじょうび》：7月《がつ》30日《にち》
個性《こせい》：酸《さん》

青《あお》山《やま》 優《ゆう》雅《が》
誕生日《たんじょうび》：5月《がつ》30日《にち》
個性《こせい》：ネビルレーザー

蛙《あ》吹《すい》 梅《つ》雨《ゆ》
誕生日《たんじょうび》：2月《がつ》12日《にち》
個性《こせい》：蛙《かえる》

砂《さ》藤《とう》 力《りき》道《どう》
誕生日《たんじょうび》：6月《がつ》19日《にち》
個性《こせい》：シュガードープ

口《こう》田《だ》 甲《こう》司《じ》
誕生日《たんじょうび》：2月《がつ》1日《か》
個性《こせい》：生物《せいぶつ》を操《あやつ》る

切《きり》島《しま》 鋭《えい》児《じ》郎《ろう》
誕生日《たんじょうび》：10月《がつ》16日《にち》
個性《こせい》：硬化《こうか》

上《かみ》鳴《なり》 電《でん》気《き》
誕生日《たんじょうび》：6月《がつ》29日《にち》
個性《こせい》：帯電《たいでん》

CHARACTER

葉隠《はがくれ》 透《とおる》

誕生日《たんじょうび》：6月《がつ》16日《にち》

個性《こせい》：透明化《とうめいか》

瀬呂《せろ》 範太《はんた》

誕生日《たんじょうび》：7月《がつ》28日《にち》

個性《こせい》：テープ

耳郎《じろう》 響香《きょうか》

誕生日《たんじょうび》：8月《がつ》1日《か》

個性《こせい》：イヤホンジャック

障子《しょうじ》 目蔵《めぞう》

誕生日《たんじょうび》：2月《がつ》15日《にち》

個性《こせい》：複製腕《ふくせいわん》

ヒーロー科《か》：教員《きょういん》

セメントス

誕生日《たんじょうび》：3月《がつ》22日《にち》

個性《こせい》：セメント

13号《ごう》

誕生日《たんじょうび》：2月《がつ》3日《か》

個性《こせい》：ブラックホール

相澤《あいざわ》 消太《しょうた》

誕生日《たんじょうび》：11月《がつ》8日《か》

個性《こせい》：抹消《まっしょう》

オールマイト

誕生日《たんじょうび》：6月《がつ》10日《か》

個性《こせい》：ワン・フォー・オール

根津《ねづ》

誕生日《たんじょうび》：1月《がつ》1日《たち》

個性《こせい》：ハイスペック

プレゼント・マイク

誕生日《たんじょうび》：7月《がつ》7日《か》

個性《こせい》：ヴォイス

エクトプラズム

誕生日《たんじょうび》：3月《がつ》23日《にち》

個性《こせい》：分身《ぶんしん》

ミッドナイト

誕生日《たんじょうび》：3月《がつ》9日《か》

個性《こせい》：眠《ねむ》り香《が》

STORY《ストーリー》

“個性《こせい》”と呼《よ》ばれる特異体質《とくいたいしつ》を持《も》つ超人《ちょうじん》たち。ある者《もの》は平和《へいわ》のために、またある者《もの》は犯罪《はんざい》を犯《おか》すために、それぞれが自分《じぶん》の“個性《こせい》”を利用《りよう》する超《ちょう》人社会《じんしゃかい》となっていた。そんな中《なか》、“無個性《むこせい》”の少年《しょうねん》・緑谷出久《みどりやいずく》は、ヒーロー養成校《ようせいこう》「雄英高校《ゆうえいこうこう》」へ入学《にゅうがく》し、ヒーローへの階段《かいだん》を駆《か》け上《のぼ》ろうとしていた！

この小説《しょうせつ》は本編《ほんぺん》では明《あ》かされなかった「雄英高校《ゆうえいこうこう》」の、とある「日常《にちじょう》」を描《えが》いた物語《ものがたり》である。

MY HERO ACADEMIA
僕《ぼく》のヒーローアカデミア
雄英白書
I

1-A：
授業参観

コンテンツ
CONTENTS

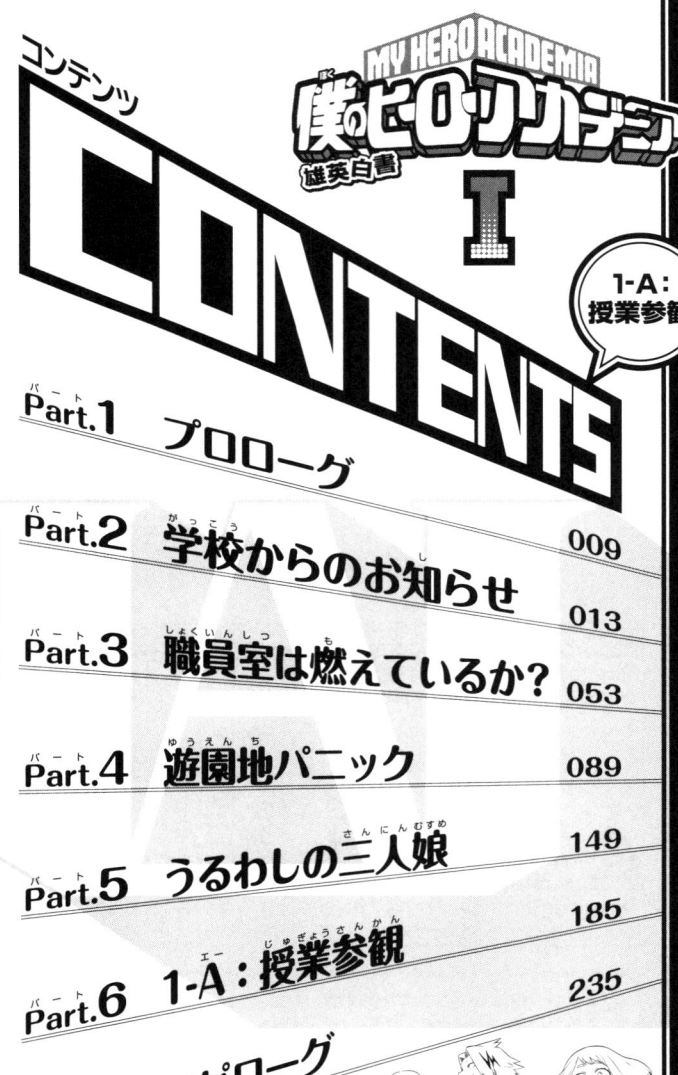

Part《パート》. 1

プロローグ

それは一瞬のことだった。

黒マントにマスク姿の敵《ヴイラン》が放った、かすかな火種《ひだね》が穴に落ちたと思った次の瞬間、まるで地獄の扉が開いたかのように勢いよく炎があがった。

熱い。

迫る熱風に1―Aの生徒たちの足が思わず後ずさる。それでも瞳《ひとみ》だけは炎の中心を必死に見据えながらも、檻《おり》の中から炎とともにあがる悲鳴に生徒たちはどうすることもできず、ただただ立ち尽くす。

檻の中に囚《とら》われているのは、生徒たちの保護者。

ヒーローを目指《めざ》す、いつもは強い瞳が、今は幼く陽炎《かげろう》のように揺れる。

炎が風に煽《あお》られて、勢いが増した。

「出久《いずく》ぅ!!」

「お母さん!!」

檻の中から救《たす》けを求めるように手を伸ばす母に、出久も思わず手を伸ばし叫び返す。届かない指を阻《はば》むのは数十メートルにわたる炎と、頑丈《がんじょう》な鉄の檻と、そして敵《ヴィラン》。
――どうしてこんなことに。
それは、二週間前からはじまった。

Part《パート》.2

学校からのお知らせ

職場体験が終わり、やってくる期末テストに向けてそれぞれが備《そな》えはじめた春と夏の間の穏《おだ》やかに晴れた、とある日。

「次、緑谷《みどりや》」

荒廃《こうはい》した街《まち》の中で、やけにのんびりとした声が響《ひび》く。

地上から1—A担任の相澤《あいざわ》が、無造作《むぞうさ》に伸ばしっぱなしの髪から覗《のぞ》く無気力そうな目を生徒たちのいるビルの三階に向けた。ビルは今にも崩《くず》れそうなありさまだ。

「はいっ」

相澤に呼ばれた、ほわほわ頭にそばかすが愛嬌《あいきょう》を添えている地味《じみ》めの顔立ちの生徒、緑谷出久《いずく》は少し緊張した面持《おもも》ちで、そう返事をする。

「デクくん、がんばって！」

後ろで順番を待つ女子たちの中から顔を覗かせ、ほがらかに麗日お茶子《うららかちゃこ》が声をかける。

その麗《うら》らかな笑顔に出久は思わずポッと頰《ほお》を赤らめながら「うん！」と答えて、三階から地上へと繫《つな》がっている袋の中へ入っていく。

滑《すべ》り落《お》ちてくる重さに袋がたわんだ。避難で使う垂直式救助袋。滑り台の要領で建物の高いところにいる人を地上に避難させるために使う器具だ。

ここは雄英《ゆうえい》高校。そして今はヒーロー科1―Aのヒーロー基礎学の真っ最中。

雄英高校は、広大な敷地の中にいくつも施設がある。何万人も収容できるスタジアムや、あらゆる事故や災害を想定したウソの災害や事故ルーム《USJ》もその中の一つだ。USJで敵《ヴィラン》連合に襲われたのも記憶に新しい。荒廃したこの街並みも、施設の一つだ。


人類に〝個性〟が現れたのはまだ遠いようで近い過去のこと。

一人一人に宿る特殊能力は、当初こそ超常現象だ、奇跡だと騒がれたが、そういう人間が世界の総人口の八割を超えた現在は〝個性〟として日常のものになっている。だが、特殊能力を使い悪事を働く輩《やから》も少なくなかった。

爆発的に増える犯罪。混乱する人々。崩壊《ほうかい》していく社会秩序《ちつじょ》。

だがそこに、自分の〝個性〟で悪事を働く輩から人々を守る正義の人たちが現れた。

ヒーロー。弱きを救《たす》け、強きを挫《くじ》く、正義の味方。かつて誰もが夢見た憧《あこが》れの職業が現実のものとなったのだ。

市民権を得たヒーローは、世論《よろん》に押される形で公的職務に定《さだ》められた。活躍に応じて国から収入を与えられ、人々から名声を得る。

だが、誰でもヒーローになれるわけではない。ヒーローがヒーローとして活動するためには資格が必要なのだ。原則、公共の場所での〝個性〟の使用は秩序を守るために禁止されている。

国から認められて、資格を取得し、初めて〝個性〟を使えるヒーローになれる。そのためにはヒーロー科のある学校で基礎を学び、資格を取得しなければならないのだ。

そして当然、その関門《かんもん》は狭い。雄英高校はその最難関だ。

出久は今の時代ではめずらしい〝無個性〟だった。ヒーローになるには〝個性〟はなくてはならないもの。その〝個性〟が発現するのはおおよそ四歳まで。齢《よわい》四歳にして、出久は社会の現実を知らされた。

ナンバー1《ワン》ヒーローのオールマイトのようなヒーローになりたいという出久の夢は、遠く遠く、果てしなく遠くなった。

けれど、出久はあきらめられなかった。どんなにムリだと笑われても、見下《みくだ》されても、その夢だけは。

そしてそんな出久の願いが通じたのか、憧れのオールマイトに出会い、その資質を認められ、死にものぐるいでトレーニングに励《はげ》み、歴代のヒーローたちに密《ひそ》かに受《う》け継《つ》がれてきたオールマイトの〝個性〟、〝ワン・フォー・オール〟を譲渡《じょうと》された。

始めはなかなか力を制御することができずしょっちゅうケガばかりしていたが、授業やオールマイトの師匠《ししょう》であるグラントリノから指導などを経て、少しずつコントロールできはじめてきている。


「っと」

わずかな浮遊感のあと、出久は救助袋を出て無事着地した。

「よし、男子は全員終わったな。次は女子。八百万《やおよろず》」

「はいっ」

副委員長の八百万百《もも》がそう返事をし、降りてくる。

「ふうっ」

無事着地した八百万を待ちかまえていた背の低いぽこぽこ頭の峰田《みねた》実《みのる》が、なぜだか盛大にため息を吐《つ》く。

「どうしたの？　峰田くん」

出久が聞くと、峰田はさらにため息を吐いた。

「緑谷、女子が滑り台で滑るっていえばめくれるスカートだろうが！　なのになんで体操服なんだよ……知ってたけど！　味気も色気も仏もありゃしねえよ!!」

「ブレないわね、峰田ちゃん」

八百万の次に降りてきたカエル顔の蛙吹梅雨《あすいつゆ》がつっこむ。

「そうだぞ、峰田くん。いちいちスカートがめくれていては授業にならないだろう？　動きやすさを重視した体操服で避難訓練をするのは合理的……いや、待てよ。これが現実の避難だと仮定するとスカートをはいている女性は多々いるだろう。なるほど、より現実味を増すためのスカートというわけだな！」

「いや、たぶん違うと思うよ」

ハッとして納得する、真面目《まじめ》が服を着て歩いているような飯田天哉《いいだてんや》に、出久は困ったように笑いながら言う。入試で初めて会った時は、怖い人かと思ったが、今では仲のいい友達だ。

「ニヤニヤしててんじゃねーよ、クソデク」

そんな出久に不機嫌《ふきげん》そうな声が投げかけられる。

「かっちゃん……」

少し離れて、鋭い目で睨《にら》んでくるのは出久の幼なじみの爆豪勝己《ばくごうかつき》だ。

不機嫌そうなのも出久に暴言を吐くのも日常茶飯事。それでも中学の頃と比《くら》べれば、むやみやたらに周囲に突っかかる頻度《ひんど》は減った。あくまで、かっちゃん個人比ではあるが。

「つーか、避難訓練なんてクソダリィ」

「なにを言ってるんだ、ヒーローたるものいついかなる時でも人命救助は最優先だろう！その人命を救う救助器具を学ぶのはとても重要なこと。有意義《ゆういぎ》な授業じゃないか！」

「知るか。人には向き不向きがあんだよ。俺が敵《ヴィラン》をぶっとばしてる間に他のヤツらがやっときゃいいじゃねーか」

「なっ、君は本当にヒーロー志望なのか⁉」

人一倍、正義感が強い飯田と、人一倍では足《た》りないほど自尊心が強い爆豪が相容《あいい》れるはずもない。爆豪に詰め寄ろうとする飯田を出久はあわてて押さえた。

「飯田くん、落ち着いて！」

「まぁ、向き不向きがあるのは確かだな」

近くにいた、涼しげに整った顔に火傷《やけど》の痕《あと》がある生徒が呟《つぶや》く。轟《とどろき》焦凍《しょうと》だ。

「轟くんっ?」

「爆豪が人命救助してるところは想像できねえ」

「……っんだと、テメエ!」

「あー、わかる! 逆にケガさせそう!」

大いに同意した上鳴電気《かみなりでんき》に、爆豪は「テメーを先にケガさせてやろうか!!」と掌《てのひら》の上で爆発を起こす。掌からニトロのような汗を出し爆発させる爆豪の〝個性〟だ。

救助袋から降りてきた女子たちが騒ぎにきょとんとしているのに対して、男子はわらわらと止めに入ったり、呆《あき》れたりしている。収拾《しゅうしゅう》つかなくなってきたところで、静かな声が響いた。

「……おまえら、今、何の時間かわかってんのか」

相澤の地を這《は》うような声に、1—Aの生徒たちは一瞬で姿勢を正し、動きを止めた。合理性をモットーに生きている相澤の恐ろしさはここ数か月で身にしみている。

無気力そうな相澤の目がわずかに見開かれ、かすかに赤みを帯《お》びている。相澤は視《み》た者の〝個性〟を次に瞬《まばた》きするまで消すことができる〝個性〟なのだ。抹消《まっしょう》ヒーロー・イレイザー・ヘッド。それが相澤のヒーロー名だ。だが、仕事にさしつかえるからとメディア露出を嫌っているためその知名度は低い。

おとなしくなった生徒たちの様子《ようす》に、相澤はいつも通りの無気力そうな目に戻って口を開く。

「向いてるとか向いてねえとかさっき言ってたが、現場でそんな言い訳は通用しねえからな。やること当たり前にできてこそプロヒーローなんだよ」

相澤は生徒たちを見回しながら言う。

「救助隊や警察が間に合わなかった場合、避難の誘導をするのも務《つと》めだ」

「誘導するくらいなら救出したほうが早いんじゃ？」

そう言う葉隠透《はがくれとおる》の体操服の片手の袖《そで》が上がっている。どうやら手を挙《あ》げているようだ。葉隠の〝個性〟は透明になることなので一見、体操服が浮いているようにしか見えない。

「誘導するくらい大勢の場合ということでは？」

八百万がそう言うと、相澤は小さく頷《うなず》いた。

「そうだ。一人や二人なら救出は難《むつか》しくないだろう。だが、大勢いた場合は救助器具が大いに役立つ。いざ、その時になって使い方がわからねえんじゃ話にならないだろ。だから一通りの救助器具のカリキュラムがあるんだよ。わかったか、爆豪」

「……っス」

名指《なざ》しされた爆豪は小さく呟いた。自分なりの最大の譲歩《じょうほ》だろう。

そんな爆豪の近くで、出久が小さくハッとしてブツブツと呟きだす。

「そうだ、大勢を避難させるのに救助器具と〝個性〟を組み合わせるのはどうだろう……？　例えば麗日さんの何かを浮かせる〝個性〟とか瀬呂《せろ》くんのテープとか……峰田くんのくっつくボールも使えそうだ。プロヒーローなら……うひょお、組み合わせは無限のバリエーションがあるな……！」

ヒーローになりたいあまり、ヒーローを研究し尽くした出久は立派なヒーローオタク、そして研究オタクだった。夢中になって早口でブツブツ呟くさまに、最初はみんなからギョッとされていたが、今では温かい目で受け入れられている（爆豪を除《のぞ》く）。

「じゃ、次は……」

その時、相澤の声を遮《さえぎ》るように空からバリバリバリと音が響く。驚く生徒たちが見上げた空から、ヘリコプターが降下してきた。

そしてそのヘリから、空を覆《おお》い尽《つ》くすような巨体がバッと飛び降りてくる。

「空から……私が来たー!!」

「オールマイト!?」

ズシンッと大地を轟《とどろ》かせて着地したのは、筋骨隆々《きんこつりゅうりゅう》爆発マッスル威風堂々《いふうどうどう》な風貌《ふうぼう》のナンバー1ヒーロー・オールマイトだ。二つに分かれてピンと天へ伸びた前髪をヘリからの風にわずかに揺らしながら、白い歯を見せてニカッと笑う。

「やぁ遅れてすまないね、諸君！　ちょっと出がけに敵《ヴィラン》を捕《つか》まえてきたものでね！」

「まったくですよ。本来ならあなたの担当時間だったんですから」

呆れたように呟く相澤とは反対に、出久は目を輝かせる。

「もうネットニュースになっていますよ！　お昼休みにチェックしました！　銀行強盗を捕まえたんですよね⁉」

「おや、もう一つの立てこもりのほうはまだニュースになっていないようだね」

「っ…さすがオールマイト！」

憧れてやまないヒーローの偉業に出久は興奮を抑《おさ》えきれない。

数多いヒーローの中でもオールマイトは特別だ。その圧倒的力で存在自体が犯罪抑止力になっている。

名実ともに〝平和の象徴〟なのだ。

その力を譲ったオールマイトと譲られた出久は師匠と弟子という関係だが、それは数人を除いて秘密になっている。そして、本来のオールマイトの姿がげっそりと骨と皮だけになってしまったことも、変身してヒーローとして活動できる時間が短くなっているのも世間には公表されていない秘密だ。

「緑谷少年、賞賛はありがたいがもうおなかいっぱいさ。ヘリをいつまでも待たせておくわけにはいかない」

「ヘリ？　オールマイトを運んできただけじゃ……」

「緊急時でもあるまいし、私の登場だけで使うワケないだろう？　さ、これからヘリによる救助訓練さ！　アーユーレディ⁉」

「さっすがヒーロー科……」

感心しすぎて呆れたように呟く出久。

ヒーローになるためのすべてを学ぶ、それが雄英高校ヒーロー科だ。


ヘリによる雪山、水辺での救助訓練を終えた生徒たちは教室に戻ってきていた。

「オイラ、海で溺《おぼ》れたら人工呼吸は女子にしてもらうんだ……思わず息の根、止まっちまうようなディープなヤツを……！」

「その前に、もう止まってんじゃねえ？」

峰田と上鳴の会話に、近くの席の常闇踏陰《とこやみふみかげ》が「煩悩《ぼんのう》の塊《かたまり》……」と呟く。顔が鳥の常闇の

〝個性〟は〝黒影《ダークシャドウ》〟。伸縮自在の影のような生き物をその身に宿している。

その時、相澤が教室に入ってきた。瞬間、みんなが席に戻り、背を伸ばす。

「はい、おつかれ。さっそくだが、さ来週、授業参観を行います」

相澤の言葉に「授業参観ー!?」と声があがる。

「ヒーロー科でもそういうのあんだな」

そう言うのはツンツン頭の切島鋭児郎《きりしまえいじろう》だ。体の一部が硬化《こうか》する〝個性〟で、男気あふれる生徒だ。

生徒たちがざわついている間に相澤が授業参観のプリントを後ろに回すように言いながら前の席に配っていく。

「プリントは必ず保護者に渡すように。で、授業内容だが保護者への感謝の手紙だ。書いてくるように」

その発表に教室は一瞬静まり、それからドッと笑い声が響いた。

「まっさかー、小学生じゃあるまいし！」

明るい調子で上鳴が言ったみんなの総意を、相澤が切る。

「俺が冗談を言うと思うか？」

相澤の静かな威嚇《いかく》に瞬時に静まり返る教室。

「いつもお世話になっている保護者への感謝の手紙を朗読《ろうどく》してもらう」

どうやら本気だと悟《さと》った生徒たちは困惑《こんわく》を隠せない。

「マジでー⁉　冗談だろ！」

「さすがに恥ずいよねぇ……」

ざわつくなか、飯田がサッと立ち上がり叫んだ。クセなのか、腕をブンブン回している。

「静かにするんだ、みんな！　静かに！　静かにー‼」

「飯田ちゃんの声が一番大きいわ」

飯田の前の席の梅雨の指摘に、飯田は「ム、それは失礼」と言って続けた。

「しかし先生、みんなの動揺ももっともです。授業参観といえば、いつも受けている授業を保護者に観《み》てもらうもの。それを感謝の手紙の朗読とは、納得がいきません！　もっとヒーロー科らしい授業を観てもらうのが本来の目的ではないのでしょうか⁉」

鼻息荒く話した飯田に、相澤が答える。

「ヒーロー科だからだよ」

「それはどういう……」

相澤がクラスを見回し、話しだす。

「お前たちが目指《めざ》しているヒーローは、救《たす》けてもらった人から感謝されることが多い。だからこそ、誰かに感謝するという気持ちを改めて考えろってことだ。ま、プロになれるかどうかまだわからないけどな」

「……なるほど！　ヒーローとしての心がまえを再確認する、そしてヒーローたる者、常に感謝の気持ちを忘れず謙虚《けんきょ》であれ、ということを考える授業だったのですね！　納得しました!!」

「納得はやっ」

　飯田の後ろの席のお茶子が吹き出す。飯田の変わり身の早さに苦笑しながらも、クラスはあきらめ承諾《しょうにん》ムードだ。

　なんでもありなヒーロー科、いちいち動揺して立ち止まってはいられない。

「ま、その前に施設案内で軽く演習は披露《ひろう》してもらう予定だが」

「むしろ、そっちが本命じゃねえ!?」

　相澤の言葉に、上鳴が全員の心の声を代表して叫んだ。

「授業参観かぁ、感謝の手紙どうしよ」

「どうもこうも書くしかねえだろ」

少し困ったように呟いた出久に隣を歩く轟がそう答えると、その隣の飯田が口を開いた。

「最初は疑問だったが、素晴《すば》らしい提案だと思うぞ。日頃から家族に感謝の気持ちはあるが、こんな機会でもないと改まって言うことがないからな。そういえば、手紙に枚数制限はあるのだろうか？　少ない枚数だと困るな、気持ちが書き尽くせないかもしれない」

帰り道、制服姿で並んで歩く三人は、はた目にはどこにでもいる高校生だ。この三人で世間を震撼《しんかん》させたヒーロー殺しのステインと対峙《たいじ》したことがあるとは誰も気づかない。

プロヒーローではない彼らが、公共の場で相手を倒すために〝個性〟で危害を加えたとなれば規則違反となる。たとえその相手が、粛清《しゆくせい》と称してヒーローを何人も殺した相手だとしても。

将来あるヒーローの卵に傷をつけたくないと、公表しないことになったのだ。

尊敬するヒーローである兄を襲ったステインに復讐《ふくしゆう》しようとした飯田。その飯田を救《たす》けにきた出久と轟。ともに戦った三人には絆《きずな》のような強い何かが残った。

「すごいね、飯田くん。そんなに書けるんだ……。僕、どう書けばいいのか何も浮かんでないよ。ヒーローたちへＨＰからメッセージはよく送ってたけど、手紙ってあんまり書いたことないし」

「そうなのかい？　俺はたまにお礼の手紙を出すが」

「お礼の手紙⁉」

「たまに、道で救《たす》けたおばあさんなどがお礼の品を送ってくださることがある。その時には必ずお礼状を出すようにと、両親の教えでね」

こともなげに言った飯田に、出久は「さすがいいトコの……！」と感心するばかりだ。

「そうか？　普通だろう」

出久のリアクションに少し照れた飯田は轟に同意を求めるが、「いや、俺はしたことがない」と、きっぱりと言われてしまい、「そうなのか……」とわずかばかり落ちこむ。

「で、でもいいことだよ！　こういう時にも役に立つしさ！」

「……そうだな！　それにやはり手紙には心がこめられる。そうそうこの間も……」

出久の言葉に飯田が気を持ち直した次の瞬間、「あ‼」と両手を天に突き上げた。

「ど、どうしたの⁉　飯田くん⁉」

「俺としたことがうっかり忘れるところだった！　これ！」

そう言って、鞄《かばん》から封筒を取り出す。

「なんだよ？」

「遊園地のチケットをいただいたんだ、ネイティブさんから。俺たちにと」

「誰だ？」

「あのステインと戦ったときにいたヒーローだよ！　でもどうして？」

「お礼だそうだ」

封筒から取り出した遊園地のチケットは四枚あった。

「なんで四枚なんだ？」

「遊園地の乗り物は二人乗りが多いから、気を遣《つか》ってくれたんじゃ？」

答えた出久に「なるほどな」と頷く轟。

「せっかくのご厚意だ。もう一人誰か誘って行かないか？」

そう言った飯田に、「いいねぇ！」と乗り気になる出久。「まぁ、べつに」と轟もまんざらでもないようだ。

「しかし、期限が来週までなんだ。二人とも、来週の日曜日は空《あ》いてるかい？」

「うん……あ！　ごめん、僕ムリだ！」

「何か用事が？」

飯田の問いに、出久の大きな目がキラッと輝いた。

「文化ホールでヒーロー回顧《かいこ》展やるんだよね！　黎明期《れいめいき》のヒーローを網羅《もうら》した見逃せないイベントなんだよ！　黎明期のヒーローの資料ってなかなか見られる機会がないんだ！

それに入場者には特典で黎明期ヒーローの詳《くわ》しいプロフィールがついたフォトブックがついてきてね……!!」

興奮を抑えきれない出久に、飯田が口を開く。

「まったく緑谷くんは本当にヒーローが好きだな……!」

「ごめん!!」

「日曜日は俺もムリだ。母の見舞いに行く。悪いな」

謝《あやま》る出久と轟に、飯田は少し残念そうに「そうか」と言ってから、いつも通りキリッとした顔で言った。

「残念だがしかたがない。チケットを無駄《むだ》にするのも悪いし、ほかに誰か誘って行くことにしよう」

「そのうち三人で行こうよ。……あっ、いや、行けたらいいな……と」

急に気弱になった出久に、「なんだ?」と轟と飯田が訝《いぶか》しむ。

「二人はそうでもないのに僕だけ行く気満々だったら、と思って……」

恥ずかしそうにそう答えた出久に、轟と飯田は顔を見合わせた。

「緑谷くん、君はあんなにすごい力を持っているのに、ふだんはからっきしだな!」

呆れたように言う飯田に「本当だよ」と轟も同意する。

二人に呆れられ、出久は苦笑するしかない。

「……あっ、そういえば、飯田くんのうちは授業参観、誰が来るの？」

話題を変えようとしてそう聞いた出久に、飯田はすぐにその質問に真摯《しんし》に答える。

「母だ。父は仕事だろうからな。緑谷くんの家は、どなたがいらっしゃるんだ？」

「ウチもお母さんだと思う。轟くんちは……」

「ウチは……誰も来ねえかもな」

何気《なにげ》なく答えた轟に、出久は一瞬間《ま》を置いてから「あっ」と青ざめた。

轟の家の複雑な家庭事情を知っていたのに、つい勢いで聞いてしまったことを後悔した。

ナンバー１ヒーローがオールマイトなら、ナンバー２《ツー》は、燃焼系ヒーロー・エンデヴァーだ。

轟の父親である。

上昇志向の強いエンデヴァーは、どうしても追い抜くことができないオールマイトを超える自分の遺伝子をもった仔を作るために、自身の〝個性〟をより強化して継がせるためだけに配偶者を選び、結婚を強《し》いる個性婚《こせいこん》で子供をもうけた。

父親の熱の〝個性〟と、母親の氷の〝個性〟の優《すぐ》れた資質を兄弟の中で一番強く受け継いだ轟は、幼い頃からオールマイトを超えるヒーローになるために父親から厳しく鍛えられ、まだ幼い轟を庇《かば》おうとする母親を父親は虐《しいた》げた。

そして、精神的に追い詰められてしまった母親は轟の顔に煮《に》え湯《ゆ》を浴びせてしまった。

轟の顔に残る痕は、その時のものだ。

母親は病院に入れられ、それ以来、轟は父親であるエンデヴァーを憎んできたのだ。

「あの、ごめん……」

「そうか、母上は入院中だったな、すまない」

神妙に謝る二人に轟はいつも通りそっけなく答える。

「べつに、気にしてねえよ。謝ってもらうほどのことでもねえし」

「しかし、子供の晴れ姿が見られないのはさぞかし残念だろう」

飯田がうんうんと頷く。

「…………」

飯田の言葉に、轟はそっとズボンのポケットに手をしまった。中に入っているプリントがかさりと音を立てる。

「べつに……それに、アイツに観にこられたらゾッとする」

「アイツ？　エンデヴァーさんのことか？　お父上のことをアイツというのは感心しないな。せめてお父さんと呼んでみてはどうだ？」

「クソ親父《おやじ》なんかアイツで十分だ」

「お父さんと呼ぶのが嫌《いや》ならば、〝パパ〟はどうだ？」

「……パ……？」

「もしくは〝ダディ〟とか？」

「……ダ……？」

エンデヴァーのことをそう呼んでいる自分を想像したのか、どんどん顔が険《けわ》しくなる轟に出久はあわてて割って入る。

「ほ、ほら！　でもさ、親のこと、あだ名で呼んだり、名前で呼んだりする家もあるみたいだし――」

「しかし、それではまるで友達同士のようで尊敬の気持ちが薄れるのではないか？」

「アイツをあだ名で……？　……ありえねえ」

「呼び方は自由なんじゃないかなぁ！」とフォローしようとした出久の想《おも》いは儚《はかな》く散った。

曲がり角に来て、轟はふと立ち止まる。

「轟くん？」

「……ちょい用事思い出した」

少し視線をさ迷わせてそう言う轟に、出久は少し不思議そうな顔をしたが、気のせいかと思い、手を上げた。

「じゃあ、ここで。また明日」

「気をつけて！」

「あぁ」


二人と別れたあと、しばらくして轟がやってきたのは、夕日に照らされオレンジ色に染まる白い大きな建物だった。

母親の入院している病院。

診察時間を終えようとしているのに、待合ロビーは会計などを待っている患者たちで混雑している。轟はそんな光景を横目にエレベーターに乗りこみ、病室階へと急いだ。

上昇する階数の表示を見ながら、轟は自分がわずかに緊張しはじめているのに気づく。

何度も来ているのに。

それでも、最初の比ではない。初めてここへ来た日は、自分が緊張していることも気づかなかった。ドアを開けようとしている自分の手が震えているのを見て、やっとそれに気づけたほどだった。

軽い音とともにエレベーターのドアが開く。

下とは比べられないほど静かな廊下に出る。かすかに消毒液の匂《にお》いがするのは、どこの病院も同じだなと、少し前に入院していたことを思い出す。

ヒーロー殺しと戦い、ケガを負《お》った三人は一緒に数日間入院した。

みんなが寝静まった夜中、ふと目を覚《さ》ました時の無機質な静けさに轟は母親のことを想った。

お母さんも、もうずっとこんな静けさの中にいたのだろうか。

「焦凍くん、めずらしいわね」

ナースステーションの前を通りかかると、顔見知りになった看護師が声をかけてきた。

――めずらしい？

「……どうも」

何のことか聞こうかと思ったが、ナースコールが鳴ったので轟はそのまま病室へと足を進めた。

ポケットに入れた手に当たる折られたプリントを、やけに大きく感じながら。

部屋の前に来て、軽く息を吐いてから轟はドアを開ける。

「……お母さん」

「焦凍？」

窓辺に座っていた轟の母親が振り返る。

格子《こうし》の嵌《は》められた窓を背負《せお》ってやわらかな笑《え》みを浮かべた瞳《ひとみ》が、わずかに見開かれた。

「どうかした？」

「あ……ううん、なんでもないわ。ほら、座って」

そう言って、母親は自分の座っていた椅子《いす》を息子に差し出す。轟は「うん」と、すすめられた椅子に腰を下ろした。母親はそのままじっと轟をみつめていた。

「……お母さん？」

少し気恥ずかしくなり、その視線の意味を轟が聞くと、母親はハッとして「ごめんね」と謝りながら、ゆっくりとベッドのはしに座った。

「いや、べつに……。何かヘンなとこでも……」

「違うの。ただ、その……平日にゆっくり姿を見るのは久しぶりだったから……。大きくなったなぁと思って……」

眩《まぶ》しそうに目を細める母親に、轟は恥ずかしさが増して目を伏せた。そして、さっき、めずらしいと言われた意味にやっと気づく。平日に来るのは初めてだったのだ。

「ごめん、急に来て」

「なに言ってるの、来てくれるのはいつでも嬉《うれ》しいわ」

謝れば、母親がそう言ってくれるだろうことはなんとなくわかっていた。甘えてしまったような気がして、居心地《いごこち》悪く思いながらもどこかで喜んでいる自分がいる。

救《たす》け出すと誓いながら、母親の前に立つと幼い日に戻ってしまいそうだ。

「…………」

轟はポケットの中のプリントを指先で小さく撫《な》でた。

突然、ここへ来た理由。母親が来られないことはわかっていたのに、足は自然と病院へと向かっていた。

知らせてもいいのだろうか。それとも。

黙りこんだ轟を気遣ってか、母親は思い出したように「そうだ」と声をかける。

「何か飲む？」

「あ、うん」

聞かれてから喉《のど》の渇《かわ》きを覚えて、飲み物を買ってこようと立ち上がった轟に、母親は少し慌《あわ》てて言った。

「もう用意してあるわ。冷蔵庫開けてみて」

言われるままベッドの横のデスク下に置かれている小さな冷蔵庫を開けると、緑茶や炭酸やジュースなどのペットボトルが数本入っていた。幼児向けの可愛《かわい》らしい牛のイラストの描かれた紙パックの乳酸飲料もある。

「ほら、焦凍、牛さんヨーグル好きだったでしょ？　売店で売ってたから、つい」

ポカンとする轟。確かに子供の頃飲んでいたような気もするが、記憶からすっかり抜け落ちていた。

ニコニコとしていた母親だったが、そんな轟に気づき、少し恥ずかしそうに笑う。

「焦凍ももう高校生だもんね……。そう思って、いろんなのを買っておいたんだけど、好きなのあるかしら……？」

自分が来る時のことを考えて揃《そろ》えてくれたのかと思うと、轟は胸が熱くなった。

「……これにする」

そして、迷わず牛さんヨーグルを手に取る。母親が嬉しそうに「そう」と言うのを聞きながら飲んだそれは、ほのかに甘くて覚えていないのに懐《なつ》かしい気がした。

ふと、沈黙が下りる。

轟は飲み終わった紙パックを、手持ち無沙汰《ぶさた》に弄《もてあそ》ぶ。

会わなかった時間は急には戻らない。どうしていいかわからない沈黙が、親子の間に流れる。けれどそれは息苦しさを感じるものではなく、お互いを気遣い、距離を測《はか》っているようなほんの少しだけ戸惑《とまど》う時間だ。

それをやわらかな声で母親が破る。いつものように。

「……学校はどう？」

「うん……」

束の間《つかま》、轟はホッとしたが、ポケットの中身を思い出して安堵《あんど》はすぐに消えてしまった。言うなら今だ。そう思うのに、意識すればするほど言葉は出てこない。

質問に轟が言いよどむほど、その理由など知らない母親の顔が心配に染まっていく。それに気づいた轟は慌てて口を開いた。

「今日は、救助器具の授業があった。ヘリコプターで吊《つ》られた」

「ヘリ？　そんなこともするのね」

興味深そうに驚く母親に、轟は心の中でホッとしながら続ける。

「人命救助がヒーローの仕事だから」

「そうね」

「それに、ビルから救助袋で下りたり」

「うん」

「遭難信号の出し方とか」

「そう」

「それと……」

ポツリポツリと話す轟に、母親は微笑《ほほえ》みながら頷いている。

「オールマイトがいるんだ。授業もやってる」

「焦凍、オールマイト好きだったものね。……でも、お父さんがいる時は観られないからって、録画したのをこっそり観たの覚えてる？」

「うん……」

あんなヒーローになりたいと子供の頃に憧れた。でも、それはいつのまにか心の奥の奥にしまいこんで、しまいこんだことも忘れてしまっていた。

それを気づかせてくれたのは。

轟は、不自然に曲がった、傷だらけの血で汚れた手を思い出す。

そしてそっと口を開いた。

「……緑谷っていうヤツがいるんだ」

「同じクラスの子？」

「あぁ」

入学したての頃は、とくに意識もしていなかった。

けれど、ふだんは妙におどおどしている様子なのに、敵《ヴィラン》連合の襲撃や、授業の中で、時折《ときおり》ハッとさせられるほどのパワーと気迫を放つ。オールマイトに気に入られていると気づいて、体育祭の時、ただ父親の鼻をあかすためだけにケンカをふっかけるように宣戦布告した。

父親を憎んで、母親から疎《うと》まれた自分の左側を使わないで勝つことが父親に対する復讐だと思っていた。そして父親の曇《くも》った顔を見て、それは成功したと思った。

それなのに、緑谷はボロボロに傷ついた自分の体も顧《かえり》みず、全力で向かってきた。

半分の力で勝とうとする俺に怒りながら。

――君の！　力じゃないか‼

そう叫んだ緑谷の声。

その声が心の奥底にまで届いたのは、緑谷だったからだ。

ボロボロなのに、いまいましいほど強くて、まっすぐただひたすら全力でぶつかってきてくれたからだ。

憧れのヒーローに向かうようにまっすぐに。

その熱さに、言葉もなく懐かしさを感じた。昔、しまいこんで忘れていた同じ熱さを。

そして、一瞬何もかも忘れた。

あれほど憎み続けた父親のことを。

忘れて初めて、囚《とら》われていたことに気づいた。

「……体育祭で戦ったんだ。アイツ、ボロボロで、手もグチャグチャになってんのに、それでも向かってくるんだ」

「うん」

「……だから、俺も全力で」

「……うん」

「初めて、全力で戦った」

「……そう」

「……すごいヤツなんだ」

そう呟いた轟に、母親はそっと微笑んだ。

「いいお友達ができたのね」

嬉しそうに、目を少し潤《うる》ませる母親に、轟はゆっくりと小さく頷いた。

「――うん」

そしてまた沈黙が下りた。けれどその沈黙は、轟にはこそばゆいくらいの優しい沈黙だ

SMASH

った。

「お母さん、洗濯物……あれ、焦凍？　どうしたの、めずらしい」

ドアを開けて沈黙を破ったのは、姉の冬美《ふゆみ》だった。母親似だが、繊細《せんさい》な印象を与える母親とは違い明るい印象だ。

「二回目……」

「何が？」

「べつに、なんでもねえ」

「そう？　あ、お母さん、洗濯物入れとくね」

「ありがとう、いつも」

「なに言ってるのっと」

冬美は手慣れた様子で持ってきた洗濯物を棚にしまいながら、轟に話しかける。

「何か用事でもあったの？」

「……べつに」

手に持ったままだった紙パックを捨てようと、轟が立ち上がったその拍子《ひょうし》にポケットからプリントが落ちた。

「ん？　何これ」

「ちょっ……おい」

洗濯物をしまい終わり、振り返った冬美がそれを拾って広げる。

「授業参観のお知らせ？」

「え……」

「……勝手に見んなよ」

「そっか、そっか、なるほどね」

すべてお見通ししたような冬美の笑《え》みに、轟は今まで悩んだ時間を無駄にされた気がして思わず顔をしかめた。けれど、聞こえてきた母親の声にハッとする。

「焦凍……ごめんね、お母さん行けなくて……」

申し訳なさそうに謝る母親に、轟は焦《あせ》った。

「違う、知らせたほうがいいのかと思っただけで……だから、べつに……」

轟は後悔した。謝らせるくらいなら、やっぱり知らせないほうが、来ないほうがよかったと。

「ごめん……」

「焦凍……」

小さく謝る轟に、悲しそうに眉《まゆ》を寄せる母親。

「あ、あの二人とも……」

発端《ほったん》を作ってしまった冬美は間でオロオロしていたが、「そうだ！」と何かを思いついたようにパッと顔を輝かせた。

「私が行くよ、授業参観！」

「は？　なに言ってんだよ、学校あるだろ」

冬美は小学校の先生をしている。

「大丈夫、家族の用事なら申請すれば半休くらいとれるから。それで、授業参観、ビデオに撮《と》ってくるよ！」

いいアイディアでしょ？　と笑顔で言い放った冬美に、轟は啞然《あぜん》とするしかない。

「小学校の運動会じゃねえんだぞ」

「え？　ダメなの？　最近じゃ、小学校の授業参観、ビデオ回す親御《おやご》さん多いんだけど」

高校生と小学生を一緒《いっしょ》にするなと轟が言おうとしたその時。

「え、ダメなの……？」

母親がパァッと輝かせていた顔を、シュンと曇らせた。どうやら、冬美のアイディアを喜んでいたようだ。

「いや……」

轟は口ごもる。気分的には絶対に嫌だったが、母親を悲しませるようなことはなるべく言いたくない。

「……学校に聞いてみねえとわからない……」

轟の精一杯の譲歩だった。

それから夕食が運ばれてくる時間になり、轟と冬美は病室を後にした。

廊下を歩きながら、冬美が言う。

「担任はえーっと……相澤先生だったわよね？」

「あぁ……」

「どうしたの、急に疲れた顔しちゃって。……あ、それとも……もしかしたらお父さんが行けるかも……？」

「アイツには絶対に言うな」

「え、でも」

「言うな」

頑《かたく》なな弟の様子に冬美は一瞬悲しそうに顔をしかめたが、すぐにいつものように笑った。

「……はいはい」

エレベーターを待つ間、険しい顔で俯《うつむ》いている弟に気づいた冬美は声をかける。

「そんなにビデオいや？　どうしてもって言うならやめるよ？」

姉の言葉に、轟は顔を上げる。

「……いやだけど、そっちじゃねえ」

「どっち？」

「……やっぱ、最初から行けないってわかってるのに、知らせないほうがよかったんじゃねえかと思って」

「そっちか」

そう言うと、冬美はにこっと笑って弟の頭にポンと触れた。

「なんだよ」

「あのね、自分の子供が自分のために精一杯考えてくれたことを喜ばない親なんていないのよ。お母さんは行けなくて申し訳ないって思ったかもしれないけど、知らせようとしてくれたことは、きっと嬉しかったはず。だって、お母さんにとっても、焦凍の初めての授業参観のお知らせだったんだもの」

冬美の言葉に、そういえばそうだったと轟は気づいた。

初めての授業参観のお知らせ。母親にとっても、自分にとっても。

「……先生みてえ」

「先生だってば」

照れ隠しの弟の言葉に、冬美はもう一度頭をポンと軽く叩《たた》いた。

エレベーターの到着を知らせる音が鳴り、扉が開く。

「焦凍？　早く乗らないと閉《し》めちゃうぞ」

先に乗りこんだ冬美に声をかけられ、轟も乗りこむ。

母親が観たいと思ってくれているのなら、ビデオに撮られる恥ずかしさくらいは我慢できそうな気がしながら。

Part《パート》.3

職員室は燃えているか？

相澤消太《あいざわしょうた》は合理性をモットーにして生きている。

つまり、無駄《むだ》なことはしない。

服や食べ物などにこだわりはない。こだわる時間が無駄だと思うからだ。ゆえに髪は無《む》造作《ぞうさ》に伸ばしっぱなしで、服も同じもの、もしくは似たようなデザインのものばかり。食事は栄養さえ摂《と》れればいいので、だいたいゼリー状の栄養食品ですませる。

相澤からすれば、機能性を無視してゴテゴテに飾りつけられた着《き》心地《ごこち》の悪い服や部屋、産地や銘柄《めいがら》にこだわった食材をこれでもかと手のこんだやり方で調理することなど、無駄なことにしか思えない。

それなのに、世の中には無駄があふれている。


「……もしもし、いつもお世話になっております、担任の相澤です。……いえ、踏陰《ふみかげ》くんにではなく、来週の授業参観の件でお電話を……ええ、実は少々お話させていただきたいことがありまして」

放課後の職員室。天下の雄英《ゆうえい》高校とはいっても、室内の様子《ようす》は普通の高校となんら変わらない。学年、もしくは学科ごとに分かれている教員たちのデスク。壁に備《そな》えつけられた棚には教育や学校関連の資料がずらりと並べられている。

ただ一つ違うのは、ヒーロー科の教員が全員プロヒーローだというところだろう。

相澤が常闇《とこやみ》の保護者に簡潔《かんけつ》にとある事情を説明している左隣には、18禁ヒーローのミッドナイトがいる。着ているのかいないのかわからぬほどの極薄《ごくうす》タイツとボンデージファッションで豊満な肢《し》体《たい》を着飾りながら、武器の鞭《むち》の手入れをしている。

女性に興味のある男子高校生なら、その刺激的な格好《かっこう》に動揺してしまうかもしれない。性欲の小鬼、峰田《みねた》だったら本能のおもむくまま抱きついていたかもしれない。

その向かいでは大きな四角い体のセメントスが、明日の授業の準備をしているのか担当である現代文の教科書を、隣の宇宙服のようなコスチュームの13号に見せて意見を聞いていた。その横には一見不気味《ぶきみ》にも見える真っ黒な体に大きな白い歯のエクトプラズムがお茶を飲んで一息ついている。

戦闘服《コスチューム》を着ているヒーローたちは、およそ教師らしくないが、ここ雄英高校職員室においては見慣れた風景となっている。

ちなみに、Ｂ組担任のブラドキングは校内の見回り、スナイプは射撃《しゃげき》部の指導で、パワーローダーはサポート科の生徒の試作品のテストにつき合い、そしてプレゼント・マイクはトイレに行っていて席を外《はず》していた。

「――というわけで、なにとぞよろしくお願いします。それでは」

電話を切り、相澤は手元に置いてある紙を見る。

生徒たちの名前と連絡先が書いてあるそれに、連絡ずみになった生徒から名前にペンでチェックを入れていた。

相澤は常闇の名前にチェックの印をつける。

（次は轟《とどろき》だな）

だが轟の自宅は留守なのか誰も出なかった。少し待って電話を切り、緊急連絡先を見る。

連絡先は父親であるエンデヴァーの携帯だ。

プロヒーローであるエンデヴァーはもしかしたら仕事の最中なのかもしれない。そう考えて相澤がどうしたものかと思案していると、後ろから声がかけられる。

「どうしたんだい、相澤くん」

骨と皮だけのような超細身《ほそみ》の男、筋骨《きんこつ》隆々《りゅうりゅう》爆発マッスルなオールマイトのトゥルーフオームだ。あまりに痩《や》せすぎて眼下《がんか》が窪《くぼ》んで影になっている。

「いえ……轟の保護者と連絡が取れないもので」

「轟少年か、緊急連絡先には連絡したのかい？」

「まだです、仕事中かもと」

オールマイトが相澤の手元の紙を覗《のぞ》きこむ。

「エンデヴァーか、ならば私が連絡してみよう！」

「え」

「体育祭以来だし、話したいこともあるからさ！」

そう言ってオールマイトは、「フンッ」と力を入れマッスルフォームになった。いきなりの巨体に、椅子《いす》がはじけ飛ぶ。それをまるでクッキーでもつまむように軽々と元に戻し、自分のデスクから電話をかけはじめる。

「えーっと、番号は……09……あっ、押し間違えた！　大きくなると押しにくいんだよねー」

「……なんでわざわざ変身したんです」

「だって声が違ったら、私だとわからないだろ⁉　……09……あっ」

太い指でまた押し間違えたオールマイトに、相澤はイラッとして代わりに番号を押した。

目の前で無駄なことをされるのは精神衛生上よろしくない。

そんな相澤の心の内などつゆ知らず、オールマイトは陽気に「サンキュー、相澤くん！　君って意外と親切だね!!」など言いながらニカッと笑った。

(意外と……？)

多少引っかかった相澤だったが、今のうちにと合理的に他の生徒の家に電話をすることにした。

(次は爆豪《ばくごう》……)

番号を確認して受話器を手に取った相澤の耳に、オールマイトの声が入ってくる。

「……あっ、エンデヴァー⁉　私だよ、オールマイト！」

(友達か)

軽いノリのオールマイトに相澤は心の中で呟《つぶや》く。

「いや～、元気してた⁉　ほら、こないだの体育祭では少ししか話せなかったしと思って！　今度こそお茶でも……えっ、メッセージをどうぞってどういう……留守電だったー!!」

(……最初に気づくだろ)

オールマイトの天然《てんねん》に相澤は思わず番号を押し間違えた。

「あー、留守電って緊張するなぁ……んんんっ」

かしこまったように咳払《せきばら》いをして、オールマイトが話しだす。メッセージを入れるつもりのようだ。

「あ、エンデヴァー？　私！　誰だかわかる？」

（なんだ、その無駄なクイズ）

聞こうとしていなくても聞こえてくる声に、相澤は心の中でいらつく。

「正解は私、オールマイトでした!!　いや〜、体育祭ぶり！　今度いろいろ話そうよ！　次代を育てるハウツーとかいろいろさ。そうそうコーヒーの美味《おい》しい昔懐《なつ》かしい喫茶店をみつけたんだ！　コーヒー好きだったよね？　ほら十年前の対談の時、こだわってたからさ！　幻の豆だったっけ。ぶっちゃけ私は缶コーヒーでもなんでもいいんだけど！　……あ、終わっちゃった」

「……オールマイトさん、何のメッセージ残してんですか」

「え、何って……あ、ゴメンゴメン!!　授業参観だったよね！　もう一回……」

「もういいです。エンデヴァー事務所にＦＡＸ送っておきますから」

もう一度電話をかけることも無駄。きっとメッセージを残すことも無駄。

最初からこうしておけばよかったと思いながら、相澤は授業参観のプリントをエンデヴアー事務所にＦＡＸする。

「ごめんよ、相澤くん……ブフォ！」

トゥルーフォームに戻って、いつものように吐血《とけつ》するオールマイト。

「ワォ!! ドアを開けたら二秒で吐血!!」

トイレから戻ってきたプレゼント・マイクがテンション高く叫ぶ。サングラスにちょび髭《ひげ》、髪を天高く突き上げているヘアスタイルは相澤からすれば無駄の極《きわ》みだ。

「大丈夫っスか！ レバー食わないと、レバー！ あ、オールマイトさん、校長が呼んでましたよ。校長室に来るようにって」

「え、なんだろう……もしかしてさっきの教育論の続きかなぁ」

長くなりそうだなーと、あまり気乗りしない様子で出ていくオールマイトに「がんばってー」とミッドナイトが生温《なまぬる》い声援を贈る。ヒーローとはいえ公務員。上司の呼出に応じないわけにもいかない。

「お、ＦＡＸ？ なんだかんだなくならねえよな、ＦＡＸ！」

相澤に気づいて近づくプレゼント・マイク。二人はくされ縁で、雄英高校同期生だ。ちなみに同じクラスである。

プレゼント・マイクがＦＡＸしたプリントを見る。

「あ〜、親へのコール&レスポンスね。担任持ってると大変だな〜」

「まぁな」

相澤はそう答えたが、実際はそう大変だとも思っていない。連絡作業は必要なことだからだ。だが、そのあたりをわざわざ説明するのはめんどうなので合理的にしれっと省《はぶ》いた。

会話を省かれたとも知らず、プレゼント・マイクは思い出したように相澤に話しかける。

「そうそう、例のアレどうなったのよ？」

「アレ？」

「大勢《おおぜい》を人質《ひとじち》にするアレだよ！　アレ！」

「あぁアレは……」

相澤の言葉を待たず、マイクは得意げに胸を張る。

「俺、超ホットなの思いついちゃったんだよねー！　ちょっと、クレバーなオレを誰か止めてくれ、みたいな？　ヘイティーチャーズ！　オレのホット&クールな例のアレのアイディア聞きたいかー!?　セイイエー!?」

そして、ヒーロー科の教員たちに向かってレスポンスを求めた。だが、求めた〝イエー〟の代わりに、「はいはい、なーに？」とめんどうくさそうなミッドナイトの声が返ってくる。

「もっと盛りあがってこうぜー！　アリーナ――！」

「いえー」

ミッドナイトがやる気なさそうに片手を軽く上げる。

「二階席――!!」

「……あ、もしかしてここですか？」

気づいたセメントスが答えた。

「我、静寂《せいじゃく》ヲ所望《しょもう》ス」

「まぁまぁ、聞きましょうよ」

静かにお茶を置いたエクトプラズムを13号がなだめたところで、マイクがおかまいなしに続ける。

「まず！　大勢を人質にするには、大勢を一気に拘束《こうそく》しなきゃいけないわけだろ？　そこで役立つのが、このオレのヴォイスなワケ!!」

「だからアレは……」

呆《あき》れたような相澤の小さな声は、プレゼント・マイクの声にかき消される。

プレゼント・マイクの〝個性〟は〝ヴォイス〟。低音から高音まで幅広い声色《こわいろ》をすさまじい音量で武器にするのだ。

「人質を密室に集めて、そこでオレのスペシャル爆音ライヴ‼　オーディエンスの鼓膜《こまく》とハートをぶち抜きよ！　失神必至！　ついでに連れ帰りにきた頭の固い保護者《ヒーロー》もスィートヴォイスで腰砕《こしくだ》け！　ゴーゴーヘブン！　これぞ難攻不落《なんこうふらく》の城だろぉ⁉　どーよ！」

「いや、だから」

披露して満足げなマイクに、今度こそ声をかけようとした相澤だったが、またもそれは遮《さえぎ》られた。

「えー？　アンタの声はちょっと大きすぎるのよ。そんなに声をあげられちゃ、興ざめしちゃう」

気《け》だるげに異議を唱《とな》えるミッドナイト。

「ハァン？　大きいからいいんでしょうーが」

「声は耐えて耐えて、耐えきれなくて思わず漏《も》れちゃったくらいがちょうどいいの」

「ミッドナイトさん、まだ夕方ですよ」

恥ずかしそうな13号の声色。コスチュームの中の顔は赤くなっているのかもしれない。

「もう固いこと言わないの、13号ったら。私はね、やり方がスマートじゃないって言ってんのよ」

「確かに、それは一理ありますね」

セメントスにも同意されて、プレゼント・マイクは反論する。

「どこらへんが⁉　テルミープリーズ！」

「失神だと短時間に意識回復するでしょう」

「それならずっと流しっぱなし、オールナイトライヴでオールオッケー！」

「それだけじゃなくて、鼓膜破れたりするじゃない？　その点、私の〝個性〟ならスマートに人質も拘束できるし、なんなら救《たす》けにきたヒーローまで眠らせちゃうわ」

ミッドナイトの〝個性〟は〝眠《ねむ》り香《が》〟。体から発する香りで周囲にいる者を眠らせてしまうことができる。女性より男性のほうがより効《き》きやすいらしい。

「誰も傷つけることないから平和的でしょ？」

だが、そのミッドナイトの言葉にエクトプラズムが顔を上げた。

「平和的……？　ソレハ、例ノアレニハ不要ナノデハ？　イクラ平和的ニシタトコロデ、人質ヲトルカラニハ、ソレハ犯罪。犯罪ニ平和的モナニモナイダロウ」

「でも、ケガはさせちゃダメですよ～！」

「甘イナ、13号。シカシ我ナラバ、我ノ分身デ、人質一人一人ヲ見張ルコトガデキル。例ノアレニ、一番最適ダト思ウガ」

エクトプラズムの〝個性〟は分身。口から〝エクトプラズム〟を飛ばして、任意の位置で本人に化けさせられる。一度に出せる人数はだいたい三十人ほどだが、カラオケで二、三曲歌ったあとは喉《のど》が開くので三十六人くらい出せるらしい。

「だから、その件は」

相澤が口を挟《はさ》む。だが。

「あら、でも人質の中に強い〝個性〟を持った人がいたら突破されちゃうかもよ？　やっぱりここは全員平等に眠らせられる私が最強だと思うけど」

その言葉にセメントスがキラリと小さな目を光らせた。

「最強、と言われるとそれは肯定しかねるね」

「どうしてよ、セメントス」

「やはり、この中で最強といえるのはオールマイトさんでしょう」

「だから」

「きっとオールマイトさんなら一瞬で人質を集められ、瞬時に拘束。そして救出に来たヒーローも一撃必殺《いちげきひっさつ》ですよ」

「アチャー！　最強のヒーローは最強の敵《ヴィラン》にもなっちまうぜ!!」

その様子を想像して盛りあがる同僚たちに、何度か挟んだ相澤の声は届かなかった。

（めんどくせえ……）

相澤は盛りあがる同僚たちをとりあえず置いておいて、自分の仕事を再開することに決めた。生徒たちが騒いでいたら自分の仕事に支障《ししょう》が出るからやめさせるが、同僚が騒いでいたところで無視していればいいだけの話である。

「……あ、もしもし、お世話になっております。勝己《かつき》くんの担任の相澤ですが」

そして、生徒たちの家へ電話をかける相澤をそっちのけで会話は続いていく。

「オールマイトが最強なのは納得だけど、そういうセメントスならどうやって大勢を人質にとるのよ？　やっぱりコンクリートで人質を囲んじゃう？」

セメントスの〝個性〟は〝セメント〟。コンクリートを粘土《ねんど》のように自在に操《あやつ》れるのだ。

セメントスは少し考えてから口を開く。

「……囲うだけではヌルイですね。やはり人質ごと覆《おお》ってしまわないと。コンクリートのドームのように。ついでにやってきたヒーローも外から覆ってしまいましょう。これで人質、ヒーロー、ともにどこにも逃げられません」

うんうんと頷《うなず》くセメントスに13号は焦《あせ》ったように言う。

「えっ、でもそれだと窒息《ちっそく》しちゃうんじゃ……」

「しかたない、人質を取るからには逃げられないようにしなければ」

「同意スル」

「ええ～？　さすがにそれはやりすぎなんじゃ……」

オロオロする13号の肩にプレゼント・マイクが腕を回す。

「ヘイ、消極ボクッ子！」

「子って……僕、二十八歳ですけど」

「それじゃアダルト消極！　お前はどうやって大勢を人質に？」

「え？　う～ん、それはやっぱりブラックホールで吸いこむ……？」

13号の〝個性〟は〝ブラックホール〟。吸いこんだものを塵《ちり》と化してしまうのだ。

「……君のほうがやりすぎなんじゃ？」

「人質ヲ消滅サセテハ、人質ノ意味ヲナサナイ」

「ヒュー！　無害そうな見かけとは裏腹《うらはら》に、13号が一番ブラック＆ブラックだな、おい！」

「そういうギャップ、嫌いじゃないわよ？」

「いやいや、そんなつもりじゃ……！」

そんな会話を聞き流しつつ、相澤は説明を終えて電話を切る。

「――それでは、そういうことで。よろしくお願いします」

（次は葉隠《はがくれ》……）

相澤が受話器を取ろうとしたその時、電話が鳴った。

「はい、雄英高校」

『もしもし。一年A組の轟焦凍《しょうと》の家族の者ですが、担任の相澤先生をお願いいたします』

受話器から聞こえてきた若い女性の声に、相澤は轟の家族関係を頭の中で探《さぐ》る。

(家族……。轟の家はたしか……)

「はい、私が相澤です。お世話になっております。あの、失礼ですが……」

『あ、すみません！ 私は姉です。こちらこそ焦凍がお世話になっております』

「ちょうどよかった、先ほどご自宅に連絡させていただいたところで」

『そうなんですか？ すみません、今帰ってきたところだったんです。職員会議が長引いてしまって……』

聞きなじんだ言葉に相澤はわずかに目を見開く。

「職員会議？ ……あぁ、たしか小学校の先生を」

『あ、はい。……なんだかヘンな感じですね、先生同士って』

家族とはいえ、轟と違い姉は話しやすそうな雰囲気が伝わってくる。

（ま、無愛想《ぶあいそう》だと小学校の先生は勤《つと》まらないだろうな）

『あの、ところで何の……もしかして、焦凍のことで何か……？』

さっきの相澤の連絡のことを思い出したように聞いてきた姉は、途中でハッとして心配そうな声色になった。

「いえ、授業参観のことでお話があっただけです」

『そうですか』

簡潔に答えた相澤に姉はホッとしたような声で答える。

相澤は入学当初の轟の様子を思い出す。能力は高いが、他人との関《かか》わりを拒絶していた。あの様子では小中学校当時、学校からくる連絡はあまりよくないものが少なくなかったのかもしれない。

「授業参観はどなたかいらっしゃいますか？」

『あ、私が。実はそのことでお聞きしたいことがありまして……』

「何でしょう」

『授業参観の様子をビデオに撮《と》っても大丈夫でしょうか？　絶対に邪魔《じゃま》にならないようにしますので』

（ビデオ？　記念か？　ずいぶんアットホームだな）

めずらしい申し出に相澤はかすかに首をかしげた。

「申し訳ありませんが、撮影録音機器の持ちこみはセキュリティの関係で、禁止させていただいてるんですよ」

『そうなんですか……』

残念そうな声色をしていた姉だったが、相澤が簡潔に説明を始めるとすぐに普通の様子に戻った。

「——ということで、よろしくお願いします」

『はい、こちらこそよろしくお願いします』

電話を切って、手元の紙にチェックを入れながら、相澤はふと思い当たった。

（もしかしたら記念じゃなくて——）

そんな相澤の耳に、プレゼント・マイクの得意げな声が飛びこんでくる。

「オレなら放送局ジャックしちゃうね!! 電波に乗って届くオレの音波ーティタイーム！ そして世間が失神してる間に、宝石と美女のハートを奪《うば》っちゃうぜ〜！ どう、どっかの三世みたいだろ!?」

「宝石泥棒ってコミックじゃあるまいし。宝石店のセキュリティは厳《きび》しいのよ？」

「オレのヴォイスで強化ガラスもブレイクハートよ？ 粉々《こなごな》よ！」

「ねぇ、そんなことより私の悪いこと聞きたい？　聞きたい人は跪《ひざまず》いて靴をお舐《な》め」

「遠慮します」

妖艶《ようえん》に微笑《ほほえ》むミッドナイトに、セメントスは自分の体のように平坦《へいたん》な声で言う。

「もうセメントスったら堅物《かたぶつ》なんだから。いいわ、特別に聞かせてあげる。あのね、眠らせてる間に弱みを握《にぎ》って脅《おど》しちゃうの」

「ナント卑劣《ひきよう》ナ」

「地味《じみ》だけど一番リアルで嫌《いや》な感じですね」

嫌そうに首を振る13号。

「でも、弱みがみつからない場合もあるでしょ？」

「そういう場合はぁ……ねつ造しちゃうのよ。眠っている間にちょんちょんっとね」

セメントスに聞かれて、ミッドナイトは悪びれずウィンクしてみせる。

「ナント姑息《こそく》ナ」

「リアルすぎて怖《こわ》いです」

「ワル&セクシー……まるでフジコちゃん！」

どうやら教師たちの会話は、相澤が電話している間に、自分の〝個性〟でできる悪いこと自慢になったようだ。

（なにやってんだか……）

わざわざ突っこむのも馬鹿《ばか》らしい。相澤は残り少なくなった連絡をすませてしまおうと、乾いた目に目薬を差し、気を取り直して再び受話器を取る。

しかし相澤の気など知らず、ヒーローたちの話は続く。

「でも、どうしてこんなにワルい話って盛りあがるのかしら？　いけないことしてるみたいで、ちょっと体の奥が疼《うず》いちゃう」

「人間ノ業《ごう》」

「ダメですよ、僕たちヒーローなんですから」

「まぁまぁ13号、話だけだから！　妄想《もうそう》１００％絞《しぼ》りたてだから！」

軽い調子で13号の肩を叩《たた》くプレゼント・マイクの横で、セメントスが少し興味深げに口を開いた。

「考えてみれば、私たちは小さい頃からヒーローを目指《めざ》して過ごしてきましたからね。悪いことはいけないと、自然と抑圧《よくあつ》されていたのかもしれません」

「欲求不満は快楽を得るための最高のスパイスだけど、溜《た》めこみすぎてもいけないわ。少しはガス抜きも必要よ。なんなら、あたしが抜いてあげる。簡単よ？　プライドって重荷を捨てて、あたしの家畜《かちく》になればいいの」

「遠慮します」

セメントスは平坦に笑って続ける。

「こうして悪いことを考えることもそう悪いことばかりじゃないんじゃないかな。敵《ヴィラン》の思考を知るためにも有益かもしれない」

「それは一理ありますね」

セメントスの言葉に頷く13号。「そうそう！」とプレゼント・マイクが話しだす。

「ガス抜きっていや、誰でも小さい頃は〝個性〟でイタズラしただろー？　あれと同じようなもんだって！」

「僕、したことないですよ」

首を振る13号。

（マジか）

ふと耳に入ってしまった会話に、電話で話しながら相澤が心の中でそう思っていると、プレゼント・マイクが驚いたように叫んだ。

「マジで⁉　生まれた時からマジメかよ！　性善説《せいぜんせつ》ここにありだな！」

（コイツと同じような感想を……）

「……あ、すみません、それで当日はですね――」

相澤は顔をしかめながらも、声色はふだん通りに説明を続けていく。

「そういうプレゼント・マイクさんはどんなイタズラを？」

13号から質問され、プレゼント・マイクは少し考えてから得意げに答える。

「休み時間、居眠りしてる友達の耳元でラップバトルをしかけたりな！」

「突然プレゼント・マイクの声で起こされたら心臓に悪そうだね」

「それとソイツが居眠りしてる時に延々《えんえん》と百物語を臨場感《りんじょうかん》たっぷりでお届けしたり！」

「お友達かわいそう～ね」

「それオレだろうが」

聞《き》き逃《のが》せない話に、相澤は思わず電話中の受話器を放して、テンション低く呟いた。

「おーっとそうだった、マイフレンド！　ワリィ、ワリィ！　昔のことは水洗トイレに流しちゃって！」

「お前の悪事は排泄物《はいせつぶつ》か」

どうせなら思い出ごと流してしまいたいと思いながら、相澤はぬるい同情の視線とあっけらかんとした同期生の声を再び無視して連絡を続けた。

「……もしもし緑谷《みどりや》さん、すみません。中断してしまいまして……それでですね――」

そんな相澤より先に罪悪感を水に流したプレゼント・マイクが話しだす。

「それよりミッドナイトはどんなイタズラしてたのよ？　子供の頃から18禁⁉」

「猥談《わいだん》ナラ不要」

「やあね、子供の頃はただの可愛《かわい》らしい子供よ。でもイタズラっていえば初恋相手の男の子とお医者さんごっこはしたわね」

「おおっ、聴診器《ちょうしんき》でいろんなところを聴診したりして⁉」

興奮気味《ぎみ》に喰《く》いつくプレゼント・マイクにミッドナイトは艶《あで》やかに微笑《ほほえ》む。

「ご想像におまかせ。でも、お医者さんごっこがエスカレートしちゃって、外科手術ごっこになっちゃって……」

「え、どこを外科手術……？」

男性ヒーローたちの顔がわずかに強張《こわば》る。

「うふふ、ご想像にお・ま・か・せ。でも、そのせいかしらね？　その子、女嫌いになっちゃってソッチの道に……」

「ナニに何したの⁉　なにしてくれてんのー！」

プレゼント・マイクが自分の股間《こかん》をガードしながら叫んだ。遠い昔を思い出すようにミッドナイトはフッと微笑む。

「ちょっと刺激が強すぎたかしらね……」

「そんないい感じに昔を懐かしまないで！　13号もそう思うだろ⁉」

「……というか、〝個性〟うんぬんじゃなくてただのイタズラじゃないですか」

「あら、そうだったわね。まぁいいじゃない。それより、みんなのも聞かせてよ。エクトプラズムもあるでしょ？」

ミッドナイトに聞かれ、エクトプラズムは口を開く。

「我ハ〝個性〟ヲ使ッテ悪戯《いたずら》ナドセヌ……ダガ、生涯タダ一度ダケ、過《あやま》チヲ犯《おか》シテシマッタ……」

重々しい雰囲気を醸《かも》し出《だ》したエクトプラズムに、ヒーローたちは喰いついた。

「罪の告白⁉　盛りあげるねー‼　必要なら心の目でモザイク入れちゃうよ！」

「ストイックなエクトプラズムの罪なんて想像できません」

「イヤ、罪ハ罪……沈黙ヲ行使《こうし》スル」

「焦《じ》らされるとよけい燃えちゃうんだけど」

「そうですよ、聞きたいです！」

「…………」

エクトプラズムは沈黙を行使した。

「おいおい、自分から言いだしてそれはないぜー！　オーディエンスを突き放さないで！

ホールドオンミー！」

「我、忘却《ぼうきゃく》ヲ希望」

同僚たちの喰いつきかげんに、口を滑《すべ》らせてしまったことを後悔しているエクトプラズム。そんなエクトプラズムにセメントスが言った。

「まぁまぁ、しかし告白することで心が軽くなることもあるんじゃないですか？　同僚として、そのお手伝いができればと」

セメントスの慈愛《じあい》あふれる小さな眼差《まなざ》しに、エクトプラズムの心が動いた。

「──アレハ、我ガ小学生ノ頃ノコト」

話しはじめたエクトプラズムに、プレゼント・マイクたちは目を輝かせて固唾《かたず》を飲む。

（意外とあっさり話しはじめたな）

「……あ、もしもし。峰田さんのお宅でしょうか？　私は実《みのる》くんの担任の相澤ですが……はい、お世話になっております。今日は授業参観の件でお話がありまして──」

相澤は連絡の合間に合理的に突っこみながら、着実に連絡をすませていく。相澤に心の中で突っこまれているとも知らず、エクトプラズムは重いような軽い口を開いた。

「アル朝、我ノ体ハ長ク寝具《しんぐ》ノ中ニ留《とど》マッテイタ。時間ハ光ノ速サデ過ギ去ッテイタノダ……」

「ん？　どーいうこと？」

首をかしげるプレゼント・マイクにセメントスが答える。

「寝坊したということのようですね」

「我ハ絶望シタ。ダガ、諦《あきら》メズ駆《か》ケタ、我《わ》ガ学《まな》ビ舎《や》へ……。シカシ、無情《むじょう》ノ鐘《かね》ガ我ノ前デ鳴リ響ク。我ハ我ノ分身ヲ、教室へ出現サセタノダ……」

「……つまり、学校に遅刻しそうになって分身を使ったってこと？」

「嗚呼《ああ》、皆勤賞《かいきん》ノタメニトハイエ、ナント我ハ罪深イコトヲ……」

エクトプラズムの告白に、ヒーローたちは目を見合わせると、白《しら》けた様子でため息を吐《つ》いた。

「ガッカリくんだよー！　上げたハードルくぐっちゃったよ！　しかも皆勤賞って！」

「罪なんて言うからもっとシリアスなの想像しちゃった。修羅場《しゅらば》な愛憎劇《あいぞう》とか」

「勝手ニ期待シタノハ諸君ラダ。我ハ事実ヲ述ベタマデ」

みんなの反応に気を悪くしたのか、エクトプラズムは少々おもしろくなさそうにお茶を啜《すす》った。そんなエクトプラズムの話を聞いて、思い出したように13号が言う。

「そういうのなら僕もありました。ちょっと恥ずかしいんですけど、おねしょした布団《ふとん》をブラックホールに吸いこんで証拠隠滅《いんめつ》を……」

「ものすごく有効活用してるじゃねえか、オレも欲しかったー！」

「いや、でも結局バレちゃって怒られましたけどね」

恥ずかしそうにメットを掻《か》く13号に、セメントスが口を開く。

「おねしょか、微笑ましいね」

「そういうセメントスはイタズラとかしたりしたんですか？」

「私かい？　そうだなぁ……かくれんぼでみつかりそうになった時に、壁を作ってズルをしたくらいかな。――言えるのは」

セメントスの平坦な笑顔に固まるヒーローたち。

「……言えないのもあるんですか……？」

「聞いたらダメ！　一番ヤベーヤツは一番まともそうなヤツだって、じいちゃん言ってた!!」

「シカシ、我ニ告白ヲサセテオイテ、言ワヌノハ卑怯《ひきょう》ナリ」

「あたしも聞きたい。秘密にされると暴《あば》きたくなっちゃうのよね」

恐れおののく13号とプレゼント・マイクに、詰め寄るエクトプラズムとミッドナイト。

そんな同僚たちにセメントスは笑う。

「そんな本気にしないでくださいよ、冗談ですよ」

「……なんだ、冗談ですか～！　もう驚かせないでくださいよ～」

「笑エヌ冗談ハ冗談トハ呼バヌ」

「セメントスの冗談は心臓に悪《わり》ぃぜー！」

「すみませんね、おじいさまによろしく」

「あ、根に持ったわね」

「流せ、流せ！　トイレに流せー！」

（そのうち詰まるんじゃねえか、コイツのトイレ）

「――それでは、そういうことで。よろしくお願いします」

相澤は電話を切り、手元の紙の八百万《やおよろず》の名前にチェックを入れる。これで、保護者への連絡は完了だ。

軽い疲労と達成感に、相澤は息を吐く。そんな相澤には目もくれず、同僚たちの話はあだこうだと続いている。

（しかしまぁ、よくくだらない話を延々とできるもんだ……）

呆れながら相澤はそんな様子を眺めた。

「でも、俺たちの〝個性〟を合わせたら、けっこう強力な敵《ヴィラン》になるんじゃね!?　悪いことし放題《ほうだい》だぜー！」

プレゼント・マイクが高らかに叫んだその時、低い位置から声が聞こえてきた。


「やぁ、盛りあがってるね」

「校長!!」

オールマイトを引き連れて、一見ネズミのような、けれどどこか犬のような、それでいてどこことなくクマのような姿をした根津《ねづ》校長がいつのまにかやってきていた。大きな靴に、きっちりと着こんだスーツのベスト姿がとてもキュートで、背丈《せたけ》はオールマイトのひざ下ほどだ。

「ところで、〝悪いことし放題〟って何の話？」

だが、愛らしい見かけと裏腹な片目についた傷には妙に迫力があり、一筋縄《ひとすじなわ》ではいかなそうな過去を物語っている。

プレゼント・マイクたちはやや焦って言い訳をする。

「や、違うんですよー！　例のアレのことについて話してて!!」

「例のアレで、人質を取るのにふさわしい〝個性〟について、などいろいろ考察していたんです」

「あぁ、アレね」

頷く校長。

「校長なら、どうします?」

「僕かい? そうだなぁ……」

ミッドナイトに聞かれて、根津校長は顎《あご》をさすりながら少し考えて口を開いた。

「まず、巨大な迷路を用意するね」

「迷路ですか? それはまたどうして……」

「いいかい? 人質を取るということは何かしらの目的のためだろう? 例えば逃げるため、欲しいものを手に入れるため、注目を浴びるため……敵《ヴィラン》の数だけそれはあるだろうけど、僕が敵《ヴィラン》だとしたら、それは実験のためさ」

「実験?」

「あぁ実験さ! 巨大迷路のゴールに人質を置く。その人質を救《たす》けにきたヒーローは必ず迷路を辿《たど》っていかなければいけないのさ。もちろん時間制限以内にゴールできなければ、人質を救うことはできない。だが、迷路もただの迷路じゃおもしろくない。電気柵《さく》に、落とし穴……あぁ動く壁とかにしたらぐっと難《むつか》しくなるだろうね。それに、難問を解《と》かないと開かないドアをつけるとか……」

根津校長の〝個性〟は〝ハイスペック〟。動物に人間以上の〝個性〟が発現した世界的にも例を見ない唯一《ゆいいつ》無二《むに》の存在だ。

「それとも一度通った道は崩《くず》してしまったほうがいいかもしれない。二度と後戻りできない人生のようにね……フフフ…ハハハハ……！　さぁ時間内にゴールできる優秀なマウスはいったい何匹いるかな……!?」

昔、人間に弄《もてあそ》ばれた過去を思い出しているのか、怨念《おんねん》がこもっていそうな高笑いをする校長に、教師たちはドン引きだ。

「ヤベェ、ブラックどころじゃねえ、超特濃《とくのう》エスプレッソだぜ……！」

「先生、先生、みんなひいてます」

校長に合わせてしゃがんでいるオールマイトに言われて、校長は「おっと、僕としたことが」とふだんの様子に戻った。

「ヒーローは常に壁を超えていかなくてはいけない、常にＰｌｕｓ《プルス》 Ｕｌｔｒａ《ウルトラ》さ！　その試練のための迷路なのさ！　……おや、相澤くん帰るのかい？」

いつのまにか帰り支度《じたく》を終えて立ち上がる相澤。

「ええ、もう仕事は終わりましたし」

「おいおい、なんだよー。まだ終わってねえだろ？　例のアレ、どうやって大勢の人質を取るか話し合おうぜー。やっぱ、オレの〝個性〟が必要っしょ⁉」

「だから、それならあたしのほうが向いてるわよ」

「イヤ、我ダ」

「みなさん、ここは安全第一でいきましょうよ」

「いっそ、みんなで協力するというのが一番いいのでは？」

「あ、それナイス！」

セメントスの意見に、みんなが賛同したのを見て、オールマイトが首をかしげる。

「あれ？　でも例のアレってもう全部決まったんじゃなかったっけ？　相澤くん」

「ええ、そうですよ」

こともなげにそう言った相澤の言葉に、オールマイトを除《のぞ》くヒーローたちは「はぁ⁉」と呆気《あっけ》にとられる。

「マジで⁉　なんだよ！　もう決まってんなら先に言えよー‼」

「勝手に盛りあがったんじゃねえか。それじゃ、お先に」

と、職員室を出る相澤の耳に、中から「せっかくいろいろ考えたのにー！」などザワザワと声が聞こえる。窓の外はもうすっかり暗くなっていた。

なかなかやまないざわめきを聞きながら相澤は思う。

（……そういや、ウチのクラスも授業始まる前はこんな感じだな）

相澤が教室のドアを開ける前の生徒たちもこんなふうに、くだらないことで盛りあがっている。

相澤からしてみればそれは合理的ではない。

無駄な話をして盛りあがりすぎて、よけいな体力や時間を使うのは合理的だとは思えない。だが、かといってそれを押しつけはしない。授業中は徹底して合理的に進めるが、自由時間にそれを押しつけるほど傲慢《ごうまん》ではない。自分の価値観を他人に押しつけることなど、それこそ合理的じゃない。

（なんであんなに楽しそうなのかね）

生徒たちの夢中になって話しているさま。ちょっとしたことですぐに落ちこんだり、意見の違いで衝突したり。

若さとは、まったく合理的じゃない。

自分だけの答えを求めて、やみくもに突っ走ったり、本当は求めてやまないくせに、答えなどいらないと目をそらしたり。

納得する答えを出すまで、多大な時間と労力を無駄にする。

けれど、その無駄を経《へ》なければ決して答えにはたどり着けないのだ。

相澤は生徒たちの顔を思い出す。

幼く、愚《おろ》かで、可能性ばかり無駄にあふれている生徒たち。

（――まったく、教えがいのある……）

「…………」

隠れている包帯のような捕縛《ほばく》武器の中で、口元がかすかにゆるむ。相澤も自分で気づかぬくらいかすかに。

相澤の周《まわ》りには無駄があふれている。

だから相澤は、せめて自分くらいは合理的でいようと思うのだ。

Part《パート》. 4

遊園地パニック

「ねえ出久《いずく》、どっちがいいと思う⁉」

日曜日、念願のヒーロー回顧《かいこ》展に出かけようと部屋を出た出久の前に提示されたのは、紺色《こんいろ》のスーツと薄いピンクのスーツ。

それを交互に体に合わせて心底《しんそこ》迷っている顔をしているのは出久の母親だ。

「どこか行くの？」

そう聞いた出久に母は「違うわよ」と迷っていた顔を一瞬崩《くず》して言う。

「明日の授業参観に着ていくの。ねえ、どっちがいい？」

また真剣な顔で聞いてくる母親に、出久は困ったように笑うしかない。

高校生男子に女性スーツのアドバイスは超難問だ。しかも、「どっちでもいい」なんて答えは求められていない。

真剣な母の様子《ようす》に出久は少し悩んでから口を開いた。

「こっち……？」

考えてはみたが、結局なんとなくで選んだ紺色を指さす。

「紺？　でもね〜、なんだか暗い感じに見えない？」

「……それじゃこっち？」

「ピンクはなんだか若作りに見えたりしない？　大丈夫？」

「大丈夫だと思うよ、それより僕、そろそろ……」

「ならこっちにしようかしら……」

そう言いながら、母は薄ピンクのスーツを洗面所の鏡で合わせに行く。出久はその間に玄関へと向かった。

「……ねえ、ピンクってよけい太って見えない……？」

改めて鏡で見て不安になったのか、ふくよかな母親はあわてて玄関先までやってきた。

「気になるなら紺がいいんじゃない？」

履《は》きなれた大きめの靴に足を通しながらそう言うと、母親は二つのスーツを見比《みくら》べながら言う。

「そうねぇ、それに紺のほうが汚れが目立たないしねぇ」

「汚れ？」

そう言って振り返った出久に、母親はハッと口元を押さえた。まるで何か言ってはいけないことを言ってしまったようなしぐさだ。

出久は首をかしげる。

「ピンクのスーツ、汚れてたっけ？」

「——あぁ違うのよ！　ええと、ほら……施設案内もあるでしょう？　ＵＳＪだったっけ？　そういう危険なところで転んだりしたら、汚れちゃうかなと思っただけよ」

そう言って笑う母の口元はどこかぎこちない。

「ほら、出かけるんじゃないの？」

「あ、うん」

「お昼は？」

「何か適当に食べるよ、夕方までには帰るから。じゃ、いってきます！」

「いってらっしゃい、気をつけて」

母親に見送られ、玄関を出た出久は足早に歩きだした。どこにでもある団地の最上階から、はやる気持ちで階段を駆《か》け下《お》りる。

母の様子が少しヘンだったような気がしたが、ささくれのような引っかかりは快晴の青空に浮かぶ薄い雲のようにあっというまに消えていく。

都心から見れば田舎《いなか》だし、田舎から見れば都会に見える、そんなありふれた町。

いつも歩いている駅までの道を出久はニヤニヤと歩く。

(黎明期《れいめいき》のヒーローたち、楽しみだな!)

ヒーローとしての制度も確立していなかった時代に、なんとかしようと立ち上がった人たちの回顧展。その人たちがいなければ、今の時代も違うものになっていたかもしれないと思うと、遊園地の誘いを断《ことわ》っても、やはりどうしても行きたいイベントだった。出久は心の中で謝《あやま》る。

(飯田《いいだ》くん、ごめん……!!)

ただ、誰かを救うために動ける人たちがいた。そんな事実がいつだって出久の心を奮《ふる》い立《た》たす。自分もそうなりたいと思うのは、出久にとって、息をするより自然なことだ。

(でも、僕にとっての一番のヒーローは不動でオールマイトだけど……!)

オールマイトのデビュー動画を、時に胸を弾《はず》ませながら、時に涙で画面を揺らしながら、何度も何度も繰り返して観《み》ていたあの頃の自分に教えてあげたい。

その憧《あこが》れのヒーローに会えるよと。それどころか、喉《のど》から手が出るほど欲しかった〝個性〟を譲《ゆず》り受《う》けるんだと。

信じられないくらいの幸運。

だから、死ぬ気でがんばるくらいなんでもない。

譲渡《じょうと》された〝個性〟を100%自分で操《あやつ》れるようになるにはまだまだだけど、いつかきっと。

「よおし、がんばるぞ……‼」

「あぁ⁉」

あふれ出るやる気がそのまま口から出てしまった出久に、刺々《とげとげ》しい声が投げかけられる。

「わわっ‼　かっちゃん……！」

「俺の前に立ってんじゃねえ！　クソデク！」

曲がり角で出くわしたのは幼なじみの爆豪勝己《ばくごうかつき》だった。

よく遊んでいた小さい頃からからかわれていたが、大きくなるにつれ、からかいの範囲を超《こ》えて蔑《さげす》まれた。最近は必要以上にからまれることは少なくなったけれど、その時から染《し》みついた苦手《にがて》意識はなかなかとれそうもない。

「ごめん、あの……あ」

謝る出久にかまうことなく、爆豪はさっさと歩きだす。

（もう、相変《あいか》わらずだな……）

軽くため息を吐《つ》いて、出久も長閑《のどか》な住宅街を歩きだした。

（あ、そうだ。電車乗る前にコンビニで飲み物買ってこ。オールマイトのミニミニフィギュアつきのジュース、あと一種類でコンプリートだし……。でもやっぱりなかなか出ないんだよなぁ、銀時代《シルバーエイジ》バージョン……）

「……あ、そういえば今月の月刊ヒーローも買わなきゃ。オールマイトの特集は外《はず》せないよね。インタビューにヒーロー活動の未公開写真もいっぱい載《の》るらしいし。楽しみだなぁ！　そうだ、あと月末にヒーロー大全集改訂《かいてい》版が出るんだった……おこづかい足《た》りるかなぁ？　う～ん……ここはお昼節約かな……でもタンパク質はとっとかないと」

「きめェんだよ、後ろでブツブツ言ってんじゃねえ!!」

また、つい心の声を口に出していた出久に爆豪がキレて胸ぐらにつかみかかる。

「つうか、後ろついてくんじゃねえよ！　ストーカー野郎《やろう》が!!」

「ちっ、違うよ！　コンビニに行こうとしただけで……っ」

「俺が先に行こうとしてたんだよ！　てめェは後にしやがれ!!」

そう言うと、爆豪は出久を突き放し、さっさと歩いていく。

（理不尽《りふじん》……！）

だが、それを言ったところで理不尽な爆豪には通じない。あきらめて駅前のコンビニで買おうと思い、出久は二度目のため息を吐いて歩きだす。

「…………」

「…………」

「だからてめェは……!!」

出久の足音に気づいた爆豪が、肩をいからせ振り返る。

「駅まで行くんだよっ、この道が一番近いからっ」

「知るか！　遠回りしてけ！　俺の後ろも前も歩くな！」

（前も後ろも……じゃあ横ならいいのか？）

出久はありえない想像をして恐ろしくなり、寒気《さむけ》でブルッと体を震わせた。

（コンビニまでガマン、ガマン……）

しかし、コンビニまではまだ少しある。気まずい道のりだ。爆豪はずんずんと歩いていく。そんな後ろ姿を見ながら、出久は思った。

（……そういえば、昔もこんなふうに、かっちゃんの後ろを歩いてたっけ）

昔から自信満々で、ガキ大将だった爆豪は率先《そっせん》して先頭を歩いた。その後ろ姿が頼もしくてカッコよくて、ついていくのも楽しかった。

（いつからこんなふうになっちゃったんだろう……）

つい考えこみそうになって、出久は首を振る。そして別のことを考える。

（……そういえば、手紙、帰ってきたら書かなきゃな。お母さんへの感謝かぁ……気持ちはもちろんあるんだけど、いざ手紙ってなると難《むつか》しいんだよなぁ。どうしよ……でもやっぱり書くとなると心配かけたことかな……)

〝無個性〟だったことで、いろいろ悩んだ。悩んでもしかたなかったかもしれないけれど、それでも悩まずにはいられなかった。

(もしかしたら、僕以上にお母さんのほうが悩んだのかも……)

出久は母親に「ごめんね……!」と泣きながら謝られたことを思い出す。

(お母さんが悪いわけじゃないのに)

「………」

手紙の内容が見えた気がして、出久はふと爆豪に話しかける。

「……ねぇかっちゃん、手紙書いた？　授業参観の」

「んなこっぱずかしいモン、書くワケねぇだろ！」

(……こっぱずかしいこと書くつもりだったのかな？)

「……なにニヤついてやがる！」

出久の顔を見た爆豪の顔が不機嫌《ふきげん》そうに歪《ゆが》む。出久は慌《あわ》てて口を開いた。

「べ、べつに……でも、手紙どうするの？　明日……」

「適当だよ、適当！　俺を産んでよかったな、とか」

「それって逆に感謝の強要じゃ……」

「あぁ⁉　つーか、話しかけんなや！　クソが‼」

出久の指摘に爆豪が憤怒《ふんぬ》して、掌《てのひら》の上で爆発を起こす。

「わぁっ、ごめん！」


出久があわてて駅へと駆《か》けだしたその頃、飯田天哉《てんや》はウサギの耳のカチューシャをつけて張りきっていた。

「やぁ、いい遊園地日和《びより》だな！　なぁ上鳴《かみなり》くん！　峰田《みねた》くん！　常闇《とこやみ》くん！」

快晴の空を見上げながらそう言う飯田の隣には、ゾウの耳をつけた峰田、クマの耳をつけた上鳴、サルの耳をつけた常闇がいる。

ここはズードリームランド。動物をモチーフにした遊園地だ。森やサバンナを模《も》したメルヘンな遊園地で子供からお年寄りまで幅広い年齢層に人気がある。日曜日の今日はとくに家族連れで賑《にぎ》わっていて、入園者の大半が飯田たちと同じような動物の耳カチューシャをつけている。

ネイティブが送ってきたのは、ここのチケットだった。

出久と轟《とどろき》が行けないとわかって、飯田がどうしようかと思っていた帰り道、たまたま通りがかった峰田と上鳴を誘ったのだ。二つ返事でＯＫした二人。さて、あと一人をどうしようかと思っていると、そのあとからやってきた常闇が意外にも興味を示した。

「委員長、この装身具《そうしんぐ》はつけなくてはいけないものなのか？」

初めての遊園地で、言われるままカチューシャをつけた常闇が飯田に聞く。

「いけなくはないが、遊園地に入ったら遊園地色に染まらなくては楽しめないぞ！　ズードリームランドに一歩入ったからには、我々はもうズードリームランドの住人なのだ！ほら！　道行くご家族連れもみんなカチューシャをしているだろう！」

見かけが鳥の常闇に猿の耳は見た目にも違和感はあるが、つけているほうも違和感があるらしく耳を確かめながら聞く常闇に、飯田は自信たっぷりに答える。どんなことにも真《ま》面目《じめ》な飯田は、遊園地も真面目に楽しむつもりなのだ。

「なるほど、そういうものか」

熱く語る飯田に納得したように頷《うなず》く常闇。上鳴が目の前を通り過ぎていくウサミミ女子たちを見て、テンション高く口を開く。

「ま、ノリだよな。それに動物の耳つけた女の子ってカワイイし！　ウサミミ最高！」

「なに言ってんだ、カワイイだけならぬいぐるみだってできる。大切なものが足りないだ

SMASH
MY HERO ACADEMIA
僕のヒーローアカデミア
雄英白書

ろうが！」

なぜか憤《いきどお》る峰田に上鳴が首をかしげる。

「大切なもの？」

「ウサミミならバニーガールの恰好《かっこう》がマストだろうが……！　こぼれんばかりのおっぱいに鋭角に食いこむハイレグに網《あみ》タイツだろうが!!　なぜ、男のドリームを売ってないんだ！　ドリームランドなのに!!」

拳《こぶし》を握《にぎ》り、力説する峰田に飯田は首をかしげる。

「君こそなにを言ってるんだ、峰田くん。森とサバンナにバニーガールがいるはずないだろう」

「いるかもしんねーだろ！　新宿歌舞伎町《しんじゅくかぶきちょう》で働いていたバニーガールが、悪徳《あくとく》業者に騙《だま》されてサバンナに放り出される可能性だってゼロじゃねえ……想像力は常にプルスウルトラだぜ！」

峰田のエロの力はすでにプロ並みだ。しかし、飯田の真面目さもプロ並みだ。

「なぜ、わざわざサバンナに放り出すんだ？　そもそもサバンナとは熱帯の草原であってアフリカや南アメリカなどにあるのだ。そこへ放り出すことが悪徳業者にとって何のメリットが？」

「メリットじゃねえ、バニーガールの可能性の話だよ！　アフリカに歌舞伎町があるかもしれないだろうが！」

「なにっ⁉　アフリカにもカブキチョウという地名があるのか⁉」

「ちげーよ！　夜の歓楽街《かんらくがい》って意味だよ！」

「おいおい、お前らさ、昼間の遊園地でなに言い合ってんだよ」

上嶋が二人を止めに入る。あたりを見回すと親子連れたちが遠巻きに飯田たちを見ていた。いらぬ注目を集めてしまっていたようだ。

「ぼ……俺としたことが！　長閑な休日の邪魔《じゃま》してしまって申し訳ありません‼」

慌てて謝る飯田。家族連れは飯田の真面目さに苦笑しながら、それぞれの目的地に散っていった。

頭を上げた飯田は決意を新《あら》たにする。

「こんなことではいけないぞ、みんな！　我々はもうズードリームランドの住人……下界《げかい》のことは忘れて、遊園地を楽しもうじゃないか‼　さて、どこから回ろうか。せっかくなら乗り物全部制覇《せいは》しよう！」

園内マップを広げて計画を立てはじめる飯田の後ろで、なにやら峰田と上嶋がそっとアイコンタクトをする。

「…………」

「…………」

　そして小さく頷く二人。

「まずジャングルゾーンから回って……」

「なぁ委員長！　俺と峰田、ちょっと行きたいとこあるんだけど」

　口火を切った上鳴を援護《えんご》射撃《しゃげき》するように峰田も続く。

「なんかサバンナゾーンでヒーローイベントがあるんだよ！　もうそろそろ始まっちまう！」

「ヒーローイベント？　それじゃそこから…」

　そんなイベントがあっただろうかと思いながらも、それを踏まえた手順を考えようとする飯田に、峰田と上鳴はブンブンブンッと首を振る。

「だ、大丈夫、大丈夫！　だからさ、二組に分かれようぜ！」

「上鳴とオイラ、委員長と常闇で！」

　不自然なほどの爽《さわ》やかスマイルを浮かべる上鳴と峰田に、飯田は怪訝《けげん》そうな顔をした。

「しかし、せっかくみんなで来たのだから一緒に……」

「ほら、俺たちにつき合ってたら全部回れなくなっちゃうだろ!?　それに、常闇の食べたかった期間限定アップルパイ、売りきれちゃうんじゃねえの?」

「それは困る」

上嶋の言葉に、常闇はボソリと呟《つぶや》いた。

常闇が遊園地に食いついた理由。それはズードリームランドの期間限定アップルパイだった。常闇はリンゴ好きなのだ。

「ム、それもそうだな」

「売りきれは困る」

何のために来たのかわからないというふうな常闇の背を押すように、峰田と上嶋は一気にたたみかけるように言う。

「だからさ、お昼あたりに合流しようぜ!!」

「んじゃ、そういうことで!!」

そう言うと、上嶋と峰田は脱兎《だっと》のごとく駆けだした。

「……そんなにヒーローイベントが観《み》たかったのか」

「ヒーロー、誰が来ているんだ?」

「さぁ、イベントをやっていたのも知らなかった」

二人の後ろ姿を見送っていた飯田だったが、常闇のことを思い出す。

「いけない、アップルパイだったな！　限定アップルパイは……ここだ、〝森のスィーツ屋さん〟で食べられるらしい」

「行こう」

園内マップで場所を確認した二人は、森のスィーツ屋さんに向かった。

慣れた様子で歩いていく飯田のおかげですぐに着くことができた。店はリンゴのモチーフで飾りつけされている。

さっそく、期間限定アップルパイと飲み物をそれぞれ一つずつ頼み、店の近くに置いてあるテーブルで食べる。

「うん、うまいな」

「あぁ、爽やかなリンゴの酸味を残しつつ、シナモンを効《き》かせて甘味をきわ立たせている。パイ生地《きじ》と、やわらかく煮たリンゴの食感もいい……美味」

味を噛《か》みしめるように深く頷いてから、嘴《くちばし》で器用に突くようにアップルパイを堪能《たんのう》する常闇。本当に美味《おい》しそうな様子を見ていると、飯田もさっきよりさらに美味しく感じた。

「あとで上鳴くんや峰田くんにも教えてあげよう。こんなに美味しいものを食べないのはもったいない。しかし、常闇くんがそんなにリンゴ好きだったとは意外だな」

「リンゴを一日一つ食べれば、医者が遠ざかると言われるくらい栄養が豊富。しかもほどよい酸味と甘み。そして長期保存も可能……リンゴほど素晴《すば》らしい果物《くだもの》はない」

なるほど、と頷きアップルパイを平らげる飯田に常闇は聞く。

「委員長はやはりオレンジが一番好きなのか？」

飯田の飲み物はオレンジジュースだ。

「いや、そんなこともないんだが、俺のガソリンだからね。飲み物はついオレンジジュースになってしまうんだ」

飯田の〝個性〟は〝エンジン〟。ふくらはぎについているエンジンのような器官で素早《すばや》く動くことができる。その原動力が１００％のオレンジジュースなのだ。

飯田もたまに他のものを飲みたい時がある。だが、コーヒーを飲みたいと思って自動販売機で買おうとしても、気がついたらオレンジジュースのボタンを手が勝手に押している。しかし、いざという時に動けないようでは困るから、やはりオレンジジュースで正解なのだと飯田は思う。

「さて、どこから回ろうか。常闇くんは何か乗りたいものはあるかい？」

常闇がアップルパイを食べ終わったのを見計《みはか》らって、飯田は園内マップをテーブルに広げる。

「いや、とくにない。委員長に任《まか》せる」

「そうか……ならば、あそこからにしよう」

移動する二人。途中、木々にあふれるエリアになった。生《お》い茂《しげ》る木々の間には、いったいどういう趣向なのか、タイヤやメロンパン、ピラミッド、赤い球体などの彫刻がポツポツと置かれている。

「……なんだか不思議《ふしぎ》な空間だな」

「あぁ、ここの園長は芸術好きな人らしくてね。昔からいろんな芸術作品を期間ごとに園内に展示しているんだ。俺が子供の頃に来た時は、なぜか全身白塗《しろぬ》りの人たちがここで組体操していたな」

その光景を想像して常闇は普通の彫刻でよかった、と思った。

そうして飯田と常闇がやってきたのはティーカップのアトラクションだった。丸いトレイを模した台座の上にティーカップ型の乗り物がいくつか設置されている。

「委員長、何だ、これは」

「〝オアシスのティータイム〟だ。遊園地といえばまずはこれに乗らなければな！　お、誰も並んでいない！　すぐ乗れるぞ、常闇くん」

はしゃぐ飯田の後に続いて、常闇もティーカップに乗りこむ。他に乗っているのは小さい子供連ればかりだ。

「委員長、このハンドルは何だ？」

カップの中心にはハンドルがついている。

「これを回せば回すほど速くカップが回転するんだ」

「回せばいいのか？」

「あぁ……お、始まるぞ！」

開始のブザーが鳴り終わると、ゆるやかで楽しげな音楽が流れはじめる。楽しげに笑う子供を微笑《ほほえ》ましく見ていた飯田の顔が突然、横からの重力に押し流された。

「っ⁉　と、常闇くん……⁉」

ともすれば遠心力で場外まで飛ばされてしまいそうな速さで回る飯田たちの乗ったティーカップ。常闇が渾身《こんしん》の力でハンドルを回していた。

「常闇くん……っ、いったい何を……！」

カップに必死につかまりながらの飯田の叫びに、常闇が一心不乱にハンドルを回しながら答える。

「これは速くティーカップを回す乗り物なんだろう……っ？　どうやら俺たちが一番速いな……！」

「ち、違うぞ……常闇くん……！」

　しかし、そう言おうとした飯田の声は出なかった。強烈な遠心力《えんしんりょく》で、さっき飲んだばかりのオレンジジュースの大荒れの海でアップルパイが溺《おぼ》れている。そしてそれは常闇も同じだった。

　数分後、飯田と常闇は近くのベンチでぐったりと座りこんでいた。ティーカップとは回転の速さを競《きそ》う乗り物ではないと飯田が教えると、常闇は「早く言ってくれ……」と小さく首を振る。

「……しかし、常闇くんは本当に遊園地が初めてなんだな」

「嘘《うそ》をついてどうする。……委員長、次は」

「もう大丈夫なのかい？」

「まだ本調子じゃないが、さっき、乗り物制覇しようと言っていただろう」

「それじゃ……次はおとなしめのアトラクションにしよう」

　そしてよろよろとやってきたのは、煌《きら》びやかなメリーゴーラウンド。ズードリームランドなので馬だけではなく、サイやライオンやゾウなどの乗り物がある。

　飯田は馬に、常闇はサイに乗った。ゆるやかな音楽に乗りながらのんびりと回っている。サークルの外では、子供のはしゃぐ姿を思い出にしようとビデオやカメラを向けている親たちがいた。

「……委員長、これは何が楽しいんだ？」

常闇のシンプルな疑問に飯田が答える。

「なにを言っているんだ、常闇くん。ふだん乗れない動物に乗っている。しかも安全に。ほら、子供たちもあんなに楽しそうだろう」

「そういうものか……」

子供たちのはしゃぐ声や柔《やわ》らかく差しこむ日差しの中、ゆるやかにメリーゴーラウンドは回り続ける。

「……しかし、遊園地の乗り物は回るのが多いな」

常闇のまたもシンプルな感想に飯田が答える。

「そんなことはないぞ、上がったり下がったり、回転もするぞ」

「やはり回るのか」


常闇がほんのりと遊園地に来たことを後悔したその頃、峰田と上鳴はベンチに座る狩猟者《ハンター》になっていた。

「峰田、あのウサミミの二人組は？」

「……惜しい。顔八〇点、スタイル六〇点だ。オイラたちが狙うのは、顔良し、スタイル良し、しかも性格も良し、それでいて声をかけたらひょいひょいついてくるガードの甘い天使のような獲物だぜ……！」

少し離れてアイスクリームを食べている女の子の二人組を品定《しなさだ》めする上鳴と峰田。もし評価がその女の子たちの耳に入ったなら、「そういうアンタはどうなのよ！」と怒《ど》鳴《な》りつけてくることだろう。

峰田と上鳴が遊園地に来た本当の目的、それはナンパだった。飯田に遊園地に誘われたその瞬間に、遊園地は二人の狩場《かりば》になったのだ。

だが、真面目が服を着て歩いている飯田にナンパ目的がバレたら絶対に止められる。だから二人はそっと抜け出すことをあらかじめ決めていた。

女の子を品定めしながら、上鳴が峰田に言う。

「なぁ、もしナンパがうまくいったら、飯田たちになんて言う？」

「それは急な腹痛だろうな……。そしてズードリームランドを抜け出して、下界のドリームランドへGO！」

狩猟者《ハンター》たちの頭からは男の友情などという言葉は消えていた。

そんな二人の前に、顔良し、スタイル良しの女の子が一人現れた。少しだけ心もとなさそうな顔であたりを見回している。

「まさに天使のような獲物……!!」

今わかるのは外見だけで、性格の良さもガードの甘さもわからないが、とにかく上玉《じょうだま》の獲物に峰田と上鳴はギラリと目を光らせた。

しかし、予想以上の上玉に二人の狩猟者《ハンター》はおよび腰になる。

「な、なんて声かける……?」

峰田に聞かれた上鳴は少し考えて答えた。

「そ、そりゃ……ちょっとお時間よろしいですか?」

「……なんか固《かて》ぇよ！　ヘンなアンケート書かされるみてぇ」

「じゃ、峰田が声かけろよ！」

「バカ野郎！　オイラとお前じゃ、お前のほうがちょびっとだけ、ほんの一ナノメートルだけカッコいいんだから、お前が声かけろよ！」

「！　そ、そこまで言われたらしょうがねえな」

「ナノってミリより小さい単位だからな？」

「難《むつか》しいことはいいんだよ、俺の雄姿《ゆうし》を見てろ！」

「バカか！　カッコいい系のお前だけじゃ女の子が警戒するだろうが！　癒《いや》しかわいい系のオイラも行く！　でも声かけるのはお前！」

「任せとけ！」

一ナノメートルの褒《ほ》め言葉にすっかり自信を持った上鳴が、女の子の前に立つ。峰田もあとに続いた。

「こんにちはー。やー、いい天気だね」

「え？　あ、はぁ……」

上鳴に話しかけられた女の子はきょとんと答える。

「あのさ、もしよかったらオレたちと遊ばない？　男二人じゃつまらなくてさー」

「あ……いえ、けっこうです……」

「オイラ、峰田！　大丈夫、大丈夫！　本当に遊ぶだけだから！」

「いえ、本当に……」

戸惑《とまど》う女の子の愛らしい困り顔に、峰田と上鳴の男心がくすぐられる。

「あ、おなかすいてない？　期間限定のアップルパイ食べにいかね？」

「大丈夫、大丈夫、奢《おご》るから！　早く行かないとなくなっちゃうかもよ！　さ、行こ……うわ、柔らかい手でちゅね～」

女の子を連れていこうと手を握った峰田がでれっと鼻の下を伸ばした時、「おい」とドスのきいた声がかけられた。

「オレの彼女になにしてくれてんねん」

「ケンちゃん……！」

どうやら女の子の彼氏らしい紙袋を持ったコワモテの男に睨《にら》まれ、峰田と上鳴は石化《せきか》した。

「人の彼女ナンパするとはエエ度胸《どきょう》しとるのお……」

狩猟者《ハンター》たちは、突然現れた人食い熊にすごまれ、震える子ウサギになった。

「いいいいや、ナンパだなんてとんでもない！　ちょっと道をお尋ねしてただけで……!!」

「オイラたち、田舎から出てきてぇ、右も左もジェットコースターもわからねくてぇ……！」

「んな言い訳が……」

怒《いか》りの収まらない彼氏に、女の子が涙目になりながら口を開く。

「もう、ケンちゃんが悪いんじゃない！　私のこと置いてきぼりにして……私、寂しかったんだよ？　今日、誕生日デートなのに……」

「悪い……これを買ってたんや……」

彼氏から差し出された紙袋を受け取った女の子がハッと目を見開く。

「！　これ、私が欲しいって言ってたカンガルーのぬいぐるみ……」

「カンガルーのポケットの中を見てみろや……」

「……え、指輪……これって……」

「一生一緒にいてくれや……」

「ケンちゃん……！」

突然のプロポーズに子ウサギたちは「お、おめでとうございまぁす」と言いながらその場をあとにした。

「……目の前で超リア充《じゅう》が誕生したな」

ナンパのはずが他人のプロポーズを見せられるというジェットコースターのような展開にげんなりして上鳴が言う。隣で同じようにげんなりしていた峰田が続ける。

「……思い出したら腹立ってきた！　カップルは家でイチャイチャしてろっつーんだよ！　外に出てくんなぁ〜！」

「でもよ、考えてみりゃ顔良し、スタイル良しの女はたいがい彼氏がいるだろ」

「そんなこと……あるな」

「つまり、顔もまぁまぁ、スタイルもまぁまぁの女の子のほうが、成功率が高いんじゃねーの？」

峰田は上鳴の提案に顔をしかめた。そして熟考したあと、口を開く。

「……完璧な美人より、まぁまぁの平均点ということか。……美人は実際会うと緊張してめんどくせえ。だがしかし、まぁまぁなら緊張せず、こっちの100％で臨《のぞ》めるわけだ……。よし、決めた。――平均点でいこう」

そう言う峰田は重大な決断を下《くだ》した一国の大統領のようだ。

――だが。

「ごめんなさい」

「冗談でしょ？」

「しつこい！」

おもに峰田から垂れ流されるド欲望のオーラを敏感に感じるのか、ことごとく平均点の女の子たちにフラれ続けた峰田と上鳴だった。

「なぜだ、平均点なのに……！」

「峰田、こうなったら……」

「……あぁ、こうなったらなんでもいい。胸がありゃいい！　ヤオヨロッパイクラスじゃなくていい！　耳郎《じろう》クラスのチッパイでもいい！」

狩猟者《ハンター》から子ウサギになった峰田と上鳴は、今や飢《う》えた野獣《やじゅう》になり、目に入る年頃の女にかたっぱしから声をかけた。

——だがしかし。

「ごめんなさい」

「ごめんなさい」

「ごめんなさい」

「彼氏と来てるんで」

「警察呼びますよ?」

野獣たちは今や敗北感で立つ気力さえなく、ベンチでぐったりと自然界の厳しさを噛みしめていた。

「数撃《う》っても当たんねえよ……もう撃つ弾《たま》もねえ……」

「なぜだ、神よ……!」

上鳴がことわざを愚痴《ぐち》って、峰田が神を呪《のろ》ったその時、飯田から上鳴の携帯に連絡が入った。時間はいつのまにかお昼をすぎていた。

しぶしぶ待ち合わせ場所を決めて、移動しようと立ち上がる二人。

「結局、男四人で遊園地かよ〜……おっぱいが足りねえよ〜。しかたねえ……上鳴、オイラの〝もぎもぎ〟、胸につけろよ」

峰田の〝個性〟は〝もぎもぎ〟。ぽこぽこした頭の突起物《とっきぶつ》だ。もぎれるぶにぶにとやわらかいボールのようなそれは、ほぼ何にでもくっつけることができる。

「やだよ、あーぁ逆ナンされてーなぁ！」

「逆ナンなんて都市伝説だろ」

だが、神は二人を見放さなかった。

「あの……」

（逆ナン……⁉）

後ろからかけられた可愛《かわい》らしい声に、二人は鼻息荒く振り返る。

「はぁ〜い！　俺たち、もうヒマでヒマで……ん？　いねえ？」

振り返った上鳴の後ろには誰もいない。

「上鳴……下、下」

「下ぁ？……へっ？」

困惑したような峰田の言う通り下を向く上鳴。そこにはキリンの角《つの》と耳のカチューシャをした幼い女の子がいた。

「――つまり、迷子というわけだな」

「だから、ユカ、まいごじゃないもん！　もうようちえんなのにまいごにならないもん！」

待ち合わせに幼い女の子を連れてやってきた上鳴と峰田からワケを聞いた飯田の結論に、ユカという女の子は唇《くちびる》を尖《とが》らせて反論した。女の子の話によると、母親と二人で遊園地に遊びに来て、母親がお昼ごはんを買いに行っている間に大好きなキャラクターの着ぐるみが通りかかり、ついそれを追って迷ってしまったらしい。

上鳴が苦笑して言う。

「って言い張るもんだから迷子センターに連れてけなくてさー」

「だからまいごじゃないもんっ、ただママとのまちあわせばしょがわからなくなっちゃっただけだもん」

「それを迷子というのだろう」

「っ……」

常闇の冷静な指摘《してき》に女の子がビクッと怯《おび》える。そして上鳴の後ろに隠れるようにしてチラッと常闇を窺《うかが》い見《み》た。その様子に全員がきょとんとする。

「なんかさっきから常闇に対してだけ態度違くねぇ？」

峰田の言葉に女の子が恐る恐る呟く。

「と、とりさんこわい……。まえ、パンたべてたらつつかれたの……」

それを聞いた上鳴と峰田は笑いだす。

「大丈夫だって！　常闇は鳥じゃねぇよ。そういう〝個性〟なの」

「〝こせい〟……？」

女の子は怯えながらも好奇心を覗《のぞ》かせて常闇を見る。

「思わず笑っちまったけど、笑いごとじゃねぇよ。俺もたまにカラスに頭つつかれる」

「ユカくん、常闇くんは紳士だぞ。怖《こわ》がることはない」

「でも……」

怖がる様子の女の子に、常闇は小さくため息を吐く。

「精神的外傷はそう簡単に癒《いや》せまい……。それより親御《おやご》さんが心配しているだろう」

常闇の言葉に飯田が頷く。

「あぁ、そうだな。とりあえず迷子になった時のための待ち合わせ場所に連れていけば万事解決というわけだ。で、その待ち合わせ場所というのが……」

「リンゴのまえ！」

女の子がこれだけは覚えてると言わんばかりに大きな声で答える。

「で、リンゴだからアップルパイ売ってるとこかなって。リンゴあった？」

「あぁ、たしか飾り物がたくさんあったな。森のスィーツ屋さんはすぐそこだ。行ってみよう」

そして男四人に幼い女の子一人は森のスィーツ屋さんに向かって歩きだした。女の子は常闇と一番離れている上鳴とはぐれないようにと手を繋《つな》いでいる。上鳴は周《まわ》りを見回して微妙な表情を浮かべた。

「――なぁ、俺たち、誘拐犯に間違われたりしねえよな……？」

「なぜだ？　上鳴くん」

「男四人にちっちぇえ女の子だぜ？　何の集団だよ」

「つかまったら、ユカ、ちゃんというからだいじょうぶだよ！」

「おー、ありがとなー」

「つーか、逆ナンが幼稚園児ってなー」

「ギャクナン？　何の話だい？」

飯田に聞かれて、慌てる峰田と上鳴。

「なんでもない、なんでもない！」

「逆ナンなんて言ってねえよ！」

だが、女の子が口を挟《はさ》む。

「ううん、おにいちゃんたちさっきもいってたよ。あー、ぎゃくなんされたいって。ぎゃくなんはトシデンセツだって。ぎゃくなんってなぁに？」

「どうだっていいだろ、んなこと！　なぁ上鳴！」

「あ、あぁ、最近の子供は難しい言葉知ってるなー、ハハハ！」

なんとか誤魔化そうとした峰田と上鳴だったが、飯田には通じなかった。

「上鳴くん、峰田くん、子供の純粋な疑問に答えるのは年長者の義務ではないか。恥ずかしながら俺はギャクナンを知らない。ユカくんに教えてあげてくれ。そして俺も勉強させてくれ」

まっすぐな目で飯田に頼まれ、上鳴と峰田は答えに詰まった。いや、答えは知っているが、正解を言ってはいけない。

「だから、その逆ナンっつーのは、なんつーか……逆のナン……いや逆……逆……ギャグ？」

真面目な男子高校生と穢《けが》れを知らない幼女にみつめられ、〝帯電《たいでん》〟が〝個性〟の上鳴は放電もしていないのにショート寸前だ。峰田は自分がなんとかしなければならないと、必死で不正解の答えを振り絞った。

「――逆にナン、そう！　カレーに逆にナンってことを逆ナンつーんだよ！」

しかし、飯田には通じなかった。

「そうなのか……しかし、カレーにナンは普通なのではないか？　だから逆に、というのはいささか合っていないような気もするのだが。それに逆にナンされたいとはいったいどういうことなんだ？　カレーをかけられたいということなのか？」

「……たまにはそういう気分になる時もあるだろ……？」

「いや、俺はカレーをかけたいとは思ったことはあるが、生まれてこのかた、かけられたいと思ったことは一度もないな。峰田くん、それはいったいどういう気分の時なんだ？」

「……寂しい時とか？」

「――なるほど、カレーの温かさを肌身に求めるほど身も心も寂しいということか。水くさいぞ、峰田くん！　カレーをかけるくらいなら、一緒にカレーを食べよう！」

「うん、気持ちだけもらっとく……」

「あぁ、それとカレーに逆にナンが都市伝説とはいったい……？」

「う……だからそれは……」

言葉に詰まる峰田に、常闇が小さく「身から出た錆《さび》……」と呟く。すると、その声が聞こえたのか女の子がチラリと常闇を見て、目が合うとハッとしてまた上鳴の陰《かげ》に隠れた。

「…………」

小さく息を吐く常闇。自分ではどうしようもない容姿のことを怖がられては、どうする術《すべ》もない。

「教えてくれ、峰田くん」

寂しい時にカレーをかけられたい男と認定された峰田が、飯田に詰め寄られて「都市伝説は都市伝説なんだよー！　信じるか信じないかはお前の勝手だ！」と逆ギレして答えることを放棄《ほうき》した。

「そうか、峰田くんもわからないのか。後で調べることにしよう」

なんとか乗りきれたと峰田と上鳴が飯田に気づかれないようにホッと息を吐く。

そんな峰田を女の子が尊敬の眼差《まなざ》しで見上げる。

「ぽこぽこおにいちゃん、ものしりだね」

「おい、マヌケなオノマトペをつけるな」

「ぽこぽこ～！　じゃあオレは？」

「きいろのおにいちゃん」

飯田はそんなやりとりを見て、微笑ましそうに口を開いた。

「上鳴くんと峰田くんは子供に好かれるんだな。話しやすそうな雰囲気があるんだろう。ヒーローには必要な要素だ」

「そうかぁ？」

「まぁな、子供にはわかるんだろうな、オイラの広い海のような心が！　あ、べつに常闇が狭《せま》いって言ってるわけじゃねえぞ！」

「気にしていない」

照れる上鳴に、褒められ鼻を伸ばす峰田。常闇はどこ吹く風だ。嬉しそうな上鳴と峰田を見て、女の子もどこか嬉しそうに言った。

「あのね、おにいちゃんたち、いろんなおんなのひとにはなしかけてたの。ひまだからいっしょにあそぼうって。だからユカ、おにいちゃんたちなら、ひまだから、まちあわせばしょおしえてくれるかなっておもったの！」

「「ブーッ!!」」

女の子の無邪気《むじゃき》な暴露に峰田と上鳴は吹き出した。

「……上鳴くん、峰田くん、ヒーローイベントを見てたんじゃないのかい……？」

飯田の顔が険《けわ》しくなる。怒《いか》れるウサギだ。心底呆《あき》れたように常闇が言う。

「俺たちと別れて、ナンパしていたというわけか」

「いや、その」

「ナン、パ……？」

飯田はハッとする。

「もしや、逆ナンのナンはナンパのナンなのか⁉　なんでカレーのナンなんて言ったんだ⁉」

「ナンって何回言うんだよ」

怒られているのも一時忘れて、上嶋が突っこんだ。

「言わせてるのは君たちだろう！　あぁもう！　子供に間違った知識を教えてしまったじゃないか！　いいかい、ユカくん！　逆ナンはカレーに逆にナンという意味ではなく、逆ナンパ、つまり逆にナンパされるという意味だったんだ」

女の子に向かって跪《ひざまず》き、切々《せつせつ》と言い聞かせる飯田に常闇が呟く。

「いや、むしろ教えないほうがいいんじゃないか」

「いや、子供でも正しい知識が必要だ。間違って覚えたまま大人になってはいけない」

ウサミミをみょんみょん揺らしながら神妙《しんみょう》に飯田が首を振る。そんな飯田の真剣さに答えようと女の子も真剣に答える。

「メガネのおにいちゃん、ユカ、ちゃんとおぼえたよ！　でも、ナンパってなぁに？」

「軟派というのは本来は、自分の意見などを主張できない者などという意味だが、今、言っているナンパというのは男性が面識のない女性に声をかけて遊びに誘い、知り合いになるというものだ。逆に女性から声をかけるのを逆ナンパという」

「じゃあユカ、ぎゃくなんしたんだ！」

「違うぞ、ユカくん。ナンパは遊びに誘うこと、ユカくんは困って道を尋ねただけだ」

「そっかー、ざんねん」

「残念がることではないのだぞ、ユカくん！　そもそも峰田くん、上鳴くん！　家族連れも多い遊園地で誰彼かまわず声をかけるなど破廉恥《はれんち》だと思わないのかい!?　男女交際とは、まず互いをよく知って、徐々に絆《きずな》を深めてゆき、家族ぐるみの清い交際を……」

飯田の真面目な倫理観《りんりかん》に、女体大好きな峰田が堪忍袋《かんにんぶくろ》の緒を自《みずか》らぶち切った。

「清い交際なんてくそくらえ！　こちとら、むしろ破廉恥な青春をおくりてーんだよお!!」

「きいろのおにいちゃん、はれんちって？」

「オレも知らねえ」

「おい、森のスィーツ屋さんに着いたぞ」

常闇に声をかけられ、飯田と峰田は倫理観の相違《そうい》をとりあえず置いておくことにした。

飯田の記憶通り、森のスィーツ屋さんは期間限定アップルパイの宣伝でリンゴのモチーフで飾られている。

「待ち合わせ場所はここかい？　ユカくん」

「ううん、ちがう。もっとおおきなリンゴのとこ……これっくらいの」

不安そうに顔をしかめながらも、両腕を精一杯伸ばしてみせる女の子。

「委員長、もっと大きなリンゴねえの？」

「ズードリームランドは幼い頃よく来ていたが、そんな大きなリンゴなど知らないな……。この園内マップにもそれらしきものはないようだし」

「ユカ、もうママとあえないの……？」

じわりと目に涙を浮かべた女の子に、飯田たちは慌てた。人々を救うヒーロー志望、感謝の涙以外に幼い女の子を泣かせたとあっては言語道断《ごんごどうだん》だ。

「そ、そうだ！　高い所から見ればみつかるんじゃね!?」

「そうだな！　それはいいアイディアだ。ところで高い所は……」

「ちょうどあるぜ、観覧車が！」

峰田が指差したズードリームランドで一番高い観覧車を見て、常闇が呟いた。

「また回るヤツか……」

そうして観覧車に乗った五人。

「ユカくん、しっかり目を凝《こ》らして待ち合わせ場所を探すんだぞ」

「うん！」

どんどん上昇していく観覧車。みんなそれぞれ〝大きなリンゴ〟をみつけようと窓辺《まどべ》に張りつく。

「こういう時に、すっげー視力がいい〝個性〟とかだったら便利だろうなぁ。オレの〝帯電〟じゃ役に立たねえし」

上鳴の言葉に飯田も頷く。

「俺の〝個性〟も探し物には向かないな」

「メガネのおにいちゃんの〝こせい〟はなぁに？」

「俺のは〝エンジン〟だ。ほら。これで早く走ったりできるんだよ」

「わぁ、いいなぁ。ユカ、まだ〝こせい〟でてないんだ」

少し残念そうに呟く女の子。

「オイラの〝個性〟はコレだ。ほら、お前にやるよ」

峰田が頭の〝もぎもぎ〟をもぎって差し出すが、女の子は「いらない」と首を振った。

「なんだと⁉　超くっつくんだぞ、これ！　ほらほらほらぁ！」

女の子にすげなく断《ことわ》られた峰田が〝もぎもぎ〟をちぎっては壁にくっつけていく。そんな峰田を一瞥《いちべつ》して常闇が口を開いた。

「無駄《むだ》に動くな、揺れる」

「峰田くん、そんなことをしている場合ではないぞ！　早く大きなリンゴを探すのだ！」

だが、結局待ち合わせ場所らしきものはみつけられなかった。係員に聞いても、それらしきものはないらしい。

「……なぁ、もう迷子センター行ったほうがよくね……？」

さすがに親が迷子センターに行ってるだろと上鳴の言葉に、女の子は必死で首を振る。

「しかし、まだ迷子の放送がないということはユカくんのママさんはまだ迷子センターに行っていないということだろう」

「もしかしてもう帰っちまってたりして！」

「う……」

場を和《なご》ませようとした峰田の軽口に女の子の目に涙があふれる。

「峰田、おまえなぁ！」

「冗談だって‼　ほんとに帰ってるわけねーだろが！」

「思慮《しりょ》に欠《か》ける」

「小さい子になんて冗談を言うんだい！」

「くうっ、オレだってほどほど小せえだろ！　そんな責《せ》めるなっ。……あっちょっと待ってろ！」

峰田はハッとして駆けだし、配られていた赤い風船をもらって戻ってきた。

「ほら！　大きなリンゴだぞ！」

なーんてなという峰田の声を女の子が遮《さえぎ》る。

「ちがうもん！　もっとも〜っとおおきいリンゴだもん！」

「リンゴ？」

「うん」

飯田に聞かれて頷く女の子に、上鳴は笑う。

「バッカだな〜、これは風船だぞ。リンゴは果物」

「ちがうもん、あかくてまるいのはぜんぶリンゴだもん！」

ハッと顔を見合わせる四人。

「つまり、本物のリンゴじゃなくて、赤くて丸い物、ということか！」

「大きくて赤くて丸い物……そんなのあったか⁉」

常闇は上鳴の言葉に、ハッと思い出す。森ゾーンで見た彫刻の中にあった大きな赤い球体を。

「――ある。こっちだ」

「えっ」

歩きだす常闇に女の子が顔を上げる。

「待ってくれ、常闇くん！　さ、ユカくん、行こう！」


赤い球体のモニュメントの前には、女の子の母親が心配そうに待っていた。

「――ママ!!」

「ユカ……!!　もう、どこにいたの！　ママ、心配したんだからね……っ」

駆け寄った親子はひしっと抱き合う。母親は女の子から四人のことを聞くと、何度も謝罪と感謝を繰り返した。

「いいえ、俺たちは当然のことをしたまでです。どうかお気になさらず」

「もう迷子になんなよ？」

「二十年後に逆ナンしてくれてもいいぞ」

「………」

「ユカ、お兄ちゃんたちにありがとうは？」

「おにいちゃんたち、ありがとう！」

それじゃと手を振って行こうとする飯田たち。だが、女の子が「と、とりのおにいちゃんっ」と常闇に駆け寄ってきた。

「……どうした」

「あのね……こわいっていってごめんなさい……。ユカをつついたとりさんよりもおおきいくちばしだったから、たべられちゃうかもっておもったの」

常闇はおどおどした様子の女の子に、フッと小さく笑う。

「……気にするな。俺が好きな食べ物はリンゴだ」

その常闇の笑《え》みに、女の子の頬《ほお》がぽっとリンゴのように赤らんだ。


それから四人は遅めのお昼ごはんを食べ、食後のデザートにまたアップルパイを食べていた。初めは食べていない上鳴と峰田だけが食べる予定だったが、常闇もまた食べると言いだし、飯田もそれに釣られたのだ。

「……やはり美味」

リンゴは別腹なのかアップルパイを再度堪能する常闇。そんな常闇の横で飯田が思い出したように口を開く。

「そうそう、みんなはもう感謝の手紙は書いたかい？」

「あれな。まぁなんとか書いたけど……マジで親の前で読むのかな？　すげー恥ずかしいんだけど」

「あ〜、明日の授業参観な。めんどくせえ」

げんなりする峰田に飯田がカッと目を見開く。

「峰田くん、めんどくさいとはなんだ！　日頃の感謝を家族に伝える絶好のチャンスじゃないか！　俺は便箋《びんせん》四〇枚を超えたよ」

「マジで⁉　オレ、二枚だけど」

「オイラ、一枚」

「そんな少ない枚数で足りたのか？」

「いっそ、委員長が代表して読めばいいんじゃね？　授業、委員長の手紙の朗読《ろうどく》だけでさ」

半分呆れて半分感心したように言う上鳴に、飯田は神妙に首を振った。

「そんなわけにいかないだろう。……しかし、確かに今のままでは他の人の読む時間を削《けず》ってしまうな……。ムゥ、要点を絞らなくては……！」

考えこむ飯田の横で常闇が名残《なごり》惜しそうに最後の一口を食べた。その時、通りを警備員らしき人たちが慌てた様子で走っていくのが見えた。

「なんだ？」

何かあったのかと四人が警備員が走っていった方向を向いた直後、物が壊《こわ》されたような音や悲鳴が聞こえてきた。

ただことではない様子に、四人は「行ってみよう」と立ち上がり、駆けだす。

騒ぎの元はお化け屋敷だった。なんだなんだと野次馬《やじうま》が集まっている。

「下がって、下がって！」

「子供が中にいるはずなんです……っ、ユカが、まだ……！」

「ユカくんのお母さん……！」

警備員に必死に訴えていたのは、さっき別れたばかりの女の子のお母さんだった。飯田たちは野次馬をかき分け駆け寄る。ハッとする母親。

「あなたたち……」

「いったい何があったんですか⁉　ユカくんは……」

聞かれた母親が、泣きそうに顔をしかめて言う。

「さっきまでお化け屋敷に二人で入ってたの。でも、突然ユカがいなくなって……そうしたら人形のオバケがっ……」

そうしている間にも、中から何かを壊すような音が聞こえてくる。母親は「ユカ！」とお化け屋敷に向かって叫んだ。だが、返事はない。母親は警備員に訴える。

「中に入れてください！　娘を……っ」

「待ってください、今……あっ⁉」

お化け屋敷から聞こえてきた音に、振り返った警備員の顔が恐怖に歪《ゆが》む。お化け屋敷の入口から人形であるはずのおばけが顔を覗かせていた。ゆらゆら動く様子はまるで生きているようだ。

「キャー！」

「なんだよ、あれ……！」

ざわつく野次馬を遠ざけようとしながら、警備員が言う。

「ち、近づかないでください！　お母さん、今、ヒーローを呼んでいますからもう少し待っていてくださいっ」

「そんな……っ」

居ても立ってもいられないように歯痒《はがゆ》くお化け屋敷の中をみつめる母親。

ズードリームランドは街中《まちなか》から少し離れている。近くに目ぼしいヒーロー事務所はなく、到着するまでにある程度の時間はかかってしまうだろう。

そんな母親を見て、飯田は何か決心したように声をかけた。

「ユカくんのお母さん、俺が探してきます。ご安心を」

「え？」

きょとんとする母親を安心させるように笑顔を見せると、飯田は踵《きびす》を返し、野次馬をかき分けていく。あわててついていく上鳴たち。

「ちょっと委員長、探すってどうやって」

「無論、中に入るんだ」

そう言って飯田が遠回りしてやってきたのは、お化け屋敷の裏側だった。

「昔、兄が抜け道をみつけてね。ええと、たしか……あった、ここだ」

飯田は真っ黒に塗《ぬ》られた地面近くの小さな窓にしゃがみこむ。

「兄の名誉のために言っておくが、もちろんこの抜け道を使ったことは一度もないぞ！ただ俺が中で転《ころ》んだ拍子《ひょうし》に偶然みつけたんだ。しかし、まさかこんな時に役立つとは……

よし、開いた。すまないが君たちはここで見――」

「見張りはいらないっしょ。オレも行くって」

「マジかよ、上鳴」

「幼女が中に取り残されたままならば、時は一刻を争う。それに、中で何か起きているなら人数は多いほうがいいだろう」

「上鳴くん、常闇くん……そうだな。迷っている時間がもったいない。さぁ行こう」

飯田を先頭に上鳴、常闇が這《は》いつくばるように中へと入っていく。

「なんだよ、もう！　しょうがねえな、オレも行くよ！　みんなヒーローかよ、まだ志望だぞ！」

なんだかんだ言いながらも、峰田もついていく。

「うお、暗っ」

最初は何も見えなかったが、目が慣れてくると中の惨状《さんじょう》がわかった。本来、通路のはずの場所には壊されたセットや装置がちらばり、まるで台風でも過ぎ去ったあとのようだ。

そんな薄暗がりの中、何かが動き回っている音がしている。しかも複数いそうだ。

「なんだよ、オバケ役の人が待遇改善でストでも起こしてんのかぁ……？」

強がりながらも怖がって震えている峰田の声に、飯田も表情を強張《こわば》らせ、あたりを警戒しながら口を開く。

「いや、ここは子供向けのお化け屋敷なんだ。人間じゃなく、全部機械の幽霊やオバケ、妖怪で驚かしていた……。さっき入口にいただろう、ああいうやつだ」

「んなもんがなんで勝手に動いてんだよ……!?」

「そんなことより、あの幼女を探すことが先決だろう」

「そりゃそうだけどよ……ぐえっ!?」

常闇の言葉に峰田が答えたその時、突然上から河童《かっぱ》の人形が峰田に襲いかかってきた。子供向けに作られた愛嬌《あいきょう》のある人形が薄暗がりの中、得体《えたい》のしれない異形《いぎょう》の気味悪《きみわる》さを醸《かも》し出《だ》している。

「峰田!」

上鳴が叫ぶと同時に常闇も叫んだ。

「黒影《ダークシャドウ》!!」

その瞬間、常闇の体から鳥の形をした影が飛び出す。常闇の〝個性〟だ。

「シャァアアア!!」

黒影《ダークシャドウ》は薄暗がりの中で甲高《かんだか》く咆哮《ほうこう》した。その姿は檻《おり》から解《と》き放《はな》たれた獰猛《どうもう》な鳥獣《ちょうじゅう》だ。

咆哮した勢いのまま河童の人形に噛みつき、あっというまに破壊する。

「ひっ……！」

顔のすぐ横で河童を噛み砕かれて峰田は腰を抜かす。だが、黒影《ダークシャドウ》は止まらない。

「モット…モット獲物をよこセ……!!」

黒影《ダークシャドウ》は自由で満たされた暗闇の中で、標的を求めて膨張《ぼうちょう》し、常闇のことなど忘れたように縦横無尽《じゅうおうむじん》に飛《と》び駆《か》けていく。黒影《ダークシャドウ》は闇が深ければ深いほど攻撃力が増し、獰猛になってしまうのだ。攻撃力が増すそのぶん、制御が難しくなる一面がある。

「止まれ、黒影《ダークシャドウ》!!」

「シャアアアア!!」

黒影《ダークシャドウ》は止まることなく、うろついたり、破壊行動をしている人形たちを次々に襲っていく。鬼気《きき》迫る漆黒《しっこく》の鳥獣の殺戮《さつりく》のようだ。

「怖《こえ》えよ！　常闇のペット!!」

峰田の言葉に黒影《ダークシャドウ》がピタッと止まり、ゆっくりと振り返る。

「ペットダト……？」

怒りを含んだ声に、峰田はブンブンブンッとちぎれるかと思うほど首を振った。

「ウソウソウソウソッ！　むしろ飼い主っ!?」

峰田の言葉に黒影《ダークシャドウ》だけでなく、常闇もムッとして口を開く。

「「俺達は（ハ）対等だ（ダ）……！」」

怒りのまま峰田に飛びかかろうとする黒影《ダークシャドウ》。ハッとして常闇が「やめろ！」と止めようとするが、疾風《しっぷう》のように飛びかかる影はそれより速い。

飯田が上鳴に向かって叫ぶ。

「放電だ、上鳴くん……！」

「お、おう!!」

黒影《ダークシャドウ》が峰田に飛びかかる寸前、上鳴が体に力をこめて放電する。眩《まぶ》しい光があたりを包んだ。

「キャウン!!」

鮮烈《せんれつ》な光を浴びた黒影《ダークシャドウ》がまるで小犬のように縮《ちぢ》こまる。暗闇では強いが、光に弱いのだ。

「救《たす》かったぁ～」

「いいぞ、上鳴くん！　常に放電していてくれ。これでユカくんを探しやすくなった」

「わかった！」

「眩しいヨ～」

「我慢してくれ」

常闇にキャンキャン泣きつく黒影《ダークシャドウ》。

「ユカくん！　どこだ！　いるなら返事をしてくれ！」

だが、飯田の呼びかけに返事はない。人形も破壊されて動くものもいない今、物音一つしない。

「いねえんじゃねえの？　騒ぎの中で逃げ出して、また迷子になっちまってるとかさ」

「いるヨ」

上鳴の言葉にすっかりおとなしくなった黒影《ダークシャドウ》が反論した。

「本当か、黒影《ダークシャドウ》」

「闇の中に紛《まぎ》れて怯えてるヨ」

「おお、さすが闇属性」

「どこにいるかわかるか？」

「こっちダヨ」

黒影《ダークシャドウ》が進んでいったのは、隅《すみ》にある井戸だった。その前にキリンのカチューシャが落ちている。

「これはユカくんのつけていたカチューシャじゃないか！」

「この井戸の中ダヨ」

四人は「大丈夫かっ」と井戸の中を覗くが、中には誰もいない。

「いねーじゃねーかっ」

「いるヨ！」

常闇が考えこんでいた顔を上げて口を開く。

「……もしかしたら、〝個性〟が発現したんじゃないか？」

「ユカくんのか？」

「あぁ、闇に溶《と》けたり、闇の中で物を自在に操れる〝個性〟が。それなら突然いなくなったのも、この惨状も納得できる」

「〝個性〟か、ならしょうがねーよな。なんせ、突然発現するし」

「おおい、ユカくん！　もう大丈夫だ！　出ておいで！」

井戸の中に向かって呼びかける飯田。しかし、そこには闇があるだけだ。

「なんで出てこないんだ？」

「パニくってんじゃね？　ほら、初めて〝個性〟が出た時って、最初パニくるだろ？　オレもビックリして腹いっぱい……じゃなくて目いっぱい放電しちまって、一日アホだった……ウェイ」

上鳴の限界も近づいてきている。

「俺も、もぎりすぎて血ぃ出て、パニくったわ」

「もしくは姿を現す術《すべ》がわからないとか？」

飯田の言葉に常闇が言う。

「……俺が話してみる」

井戸の中の闇に向かって話しかける常闇。

「……落ち着け。凪《なぎ》のように穏《おだ》やかな精神で己《おのれ》の存在を意識すれば、お前は闇より帰ってくる」

常闇の言い回しに、上鳴たちは呆れたように言う。

「……うェ〜い、常闇。相手、幼稚園児だってわかってる？」

「もっと噛み砕いた言い方をしなければ伝わらないぞ！　常闇くん。固い、固い、固い！」

「委員長に固いと言われるようじゃおしまいだな」

「どういう意味だ、峰田くん」

「……わかりやすく……」

少し考えこんでから、常闇は井戸の中に向かって手を差し出し、言った。

「――ユカ、この手を握れ」

すると、闇の中から暗く透き通る女の子の小さな手がゆっくりと現われ、戸惑《とまど》うようにおずおずと常闇の手に触れた。常闇はその手をしっかりと握《にぎ》り返《かえ》す。その力強さに触発されたように、闇から女の子の全身が現れた。

「とりのおにいちゃん……」

「もう大丈夫だ」

女の子の姿によかったよかったと喜ぶ飯田たち。

「お母さんがとても心配しているぞ！　早く姿を見せてやらねば」

飯田の言葉に、女の子が小さく首を振る。

「なぜだ？」

「……ママ、すっごくこわがってた……。ユカもこわい……ひとりでくらいのやだよ……」

ポロポロと涙を零《こぼ》す女の子の目を常闇は見据《みす》えた。

「……闇は己の本性を暴《あば》く。そこに恥じるものがなければ、恐れる必要はない」

上鳴が「言い回し、言い回し！」とアドバイスを送る。常闇はまたしても考えこんだ。

「だからつまり……」

だが、思い浮かばない常闇の代わりに、後ろで隠れていた黒影《ダークシャドウ》が顔を覗かせて言った。

「闇は友達ダヨ！」

「黒影《ダークシャドウ》！」

「とも……だち……？」

「あぁ、俺の〝個性〟だ」

いきなりの黒影《ダークシャドウ》に驚く女の子。一瞬ビクッとしたが、黒影《ダークシャドウ》に近づく。

「怖くないのか？」

「……ともだちならだいじょうぶ。とりのおにいちゃんも、こわくないもの」

「……そうか」

「友達、友達！」

「……ともだち！」

しゃべる九官鳥《きゆうかんちょう》のような黒影《ダークシャドウ》に、女の子がにっこりと笑いかける。

その姿を見て、四人もホッとしたように頬《ほお》をゆるませた。飯田が口を開く。

「……さて、行こうか」

それから、ヒーロー突入寸前にお化け屋敷から出てきた四人と女の子。飯田がキビキビと的確にことの次第《しだい》を説明すると、あっというまに騒ぎは収まった。破壊されたお化け屋敷の損害は遊園地が入っていた〝個性〟保険で賄《まかな》われるらしい。

「本当になんて言ったら……ありがとう、ユカを何度も救《たす》けてくれて」

ぜひお礼をしたいと言う女の子の母親に飯田は恐縮する。

「いえ、そんな」

「ちなみに、お礼ってカラダで払う的な……？」

「子供！　子供の前だから‼」

万が一の可能性にかけた峰田の口を上鳴があわてて押さえる。

「俺たちは雄英《ゆうえい》高校ヒーロー科の生徒です。ヒーローを目指《めざ》す者として、当然のことをしただけですので、どうかお気遣《きづか》いなく！」

そう言って胸を張る飯田たちを見て、母親が賞賛の眼差しをおくりながら、女の子の肩に手を置く。

「未来のヒーローのお兄さんたちよ、ユカ」

「ありがとうございましたっ」

ぴょこっと頭をさげる女の子。それじゃ、と行こうとする常闇に、女の子が駆け寄ってきた。

「あのね……うんとね……」

「どうした」

頬を染めて、常闇を恥ずかしそうに見上げる女の子。

「とりのおにいちゃん、おうじさまみたい……だいすき！」

目を見開き、驚く常闇。「あら、まぁ」と母親。上鳴と峰田はゲッと顔を曇《くも》らせた。

「逆ナンどころかコクられた!!」

「羨《うらや》ましくなんかねえ！　相手は子供だ、女じゃねえ……でも二十年後なら……くそう！

なぜだ、神よ……!!」

天を仰《あお》ぐ峰田の横で、飯田が女の子にしっかりと言い聞かせる。

「そうだったのか、ユカくん……。しかし、交際はまだ早いぞ？　交際は大人になってから、きちんとご両親の許可を取ってからだ。もちろん、常闇くんのご両親の許可も取らねばな！」

「わかった、ユカ、がんばる！　ね、とりのおにいちゃん」

キラキラと眩しい笑顔を向けられ、常闇はどこか照れたように顔をしかめた。

「……先のことは闇の中だ」

Part《パート》.5

うるわしの三人娘

常闇《とこやみ》に峰田《みねた》が悔《くや》しさのあまり血の涙を流していたその頃、麗日《うららか》お茶子《ちゃこ》はエコバッグ片手にスーパーに向かって歩いていた。

肉球のついた指を折りながら買う物を数える。

「特売の人参《にんじん》に、タマネギにピーマン、卵と牛乳……。あ、ラッキョウどうしよ。父ちゃん、カレーにはラッキョウとウスターソースやもんな〜……アカン！　ソースもなかった……！」

お茶子は雄英《ゆうえい》高校に通うために親元を離れて一人暮らし中だ。実家は建設会社をやっているが、仕事は順調とはいえず経営状態は厳《きび》しい。そんななかで送り出してくれた両親を救《たす》けるために、お茶子はヒーローになってお金を稼《かせ》ぎ、ラクをさせてあげたいと考えている。

そして明日、授業参観で父親がやってくる。交通費もかかるし、来なくても大丈夫だと言ったのだが、娘のがんばっている姿を見たいと来てくれることになったのだ。

う〜んと悩んでから、お茶子は言う。

「……値段見て、高かったら父ちゃんにはガマンしてもらお！」

大事な親が来てくれるとはいえ、大事な生活費をオーバーするわけにはいかない。なにしろ、ウスターソースやラッキョウよりも大事なものを買わなければいけないのだ。

お茶子はエコバッグからスーパーのちらしを取り出す。派手な赤文字が躍《おど》る紙面の片隅《かたすみ》に、地味《じみ》なのに光り輝いて見える黒文字。

（〝クドウの切《き》り餅《もち》特大パック、二五〇円〟……!!）

通常六〇〇円前後で売られているそれが半額以下だ。一つ一つ真空パックされていて日持ちもするし、使うにも便利だ。なによりお餅はおいしい。これを見逃す手はない。

だが、一つ残念なことがある。餅の値段の下の※マークのあとに小さく書かれている一行だ。

〝お一人様、お一つまで〟。

「うう、ケチくさぁ〜！」

そう言いながら、歯痒《はがゆ》そうに身悶《みもだ》えるお茶子。

安くて良いものを、なるべく多くの人に行きわたるようにとの店の配慮なのはわかっている。わかってはいるが、今後の節約生活を思うとうららかなお茶子の眉間《みけん》にシワが寄る。

「せめてお一人様、二つ……いや、三つ……いや、せめて四つ……いやいや、五つ……ええい、もういっそのこと十でどうだ！」

特大お餅パックがどんどん増えていく夢のような妄想《もうそう》に、お茶子が思わずたたき売りのような啖呵《たんか》を切ったところで声がかけられた。

「麗日さん、どうかしましたの？」

「何が十？」

「八百万《やおよろず》さん！　梅雨《つゆ》ちゃん！」

声をかけてきたのは同じクラスの八百万百《もも》と蛙吹《あすい》梅雨。

「わー！　どうしたの？　めずらしい組み合わせだね！」

休日の街中《まちなか》で偶然クラスメイトに出会ってテンションが上がるお茶子に、八百万が言う。

「私は本屋に参考書を探しに。その帰りに偶然、梅雨さんにお会いしましたの」

続いて梅雨がレターセットが入った袋を軽く持ち上げて見せた。

「私は足《た》りなくなった便箋《びんせん》を買いに。そういうお茶子ちゃんは？」

「スーパーに買い物！　明日、父ちゃんが来るから、食材買っとことと思ってさ」

「そういえば麗日さんは一人暮らしでしたわね。自炊《じすい》しているなんてすごいですわ。大変でしょう？」

八百万に感心したように言われて、お茶子は照れて笑った。

「そんなことないよ～、外食とかできあいの弁当とか買ってたら食費、えらいことになるからさ。それに手、抜きまくりだし。めんどくさい時はおもち一個とかですませちゃう……」

そう言いかけて、ハッとするお茶子。

「そう、おもち～!!」

一転してがっくりとうなだれたお茶子に、八百万と梅雨は顔を見合わせる。

「お餅がどうかしましたの？」

「それがね……」

お茶子がお餅の次第《しだい》を説明すると、二人はきょとんとしたあと笑った。

「さっきお茶子ちゃんが言ってたのは、お餅のことだったのね」

「すごい剣幕《けんまく》だったから、何ごとかと思いましたわ」

「う……だってね、安いおもちが一袋買えるのと二袋買えるのとは、えらい違うんよ～っ。一か月生き延《いの》びるのと、二か月生き延びるのくらい違うんだよ？」

恥ずかしそうに顔を赤らめるお茶子。そんなお茶子に梅雨と八百万が言う。

「なら、お餅買うの手伝うわ。一人一つなんでしょ？」

「クラスメイトの命が伸びるのでしたら、私もお手伝いさせていただきますわ」

「……女神‼」

天の慈悲《じひ》かと思うようなクラスメイトのありがたい申し出に、お茶子は思わず二人を崇《あが》めた。二人が止めなかったら思わず跪《ひざまず》きそうになったところだ。

さっそくスーパーへと向かう三人。

「おもち三袋～♪　おもち三昧《ざんまい》～♪」

スキップしそうな勢いで歩くお茶子はご機嫌《きげん》で、自分で自分を浮かさなくても、そのまま飛んでいってしまいそうだ。

お茶子の〝個性〟は無重力《ゼログラビティ》。手で触れたものを浮かしてしまうのだ。そして、それは自分も例外ではない。

「お餅好きねぇ、お茶子ちゃん」

「でも、お餅ばっかりじゃ飽きたりしません？」

「なに言ってるの、八百万さん！　おもちには無限の可能性があるんだよ……！　お醬油《しょうゆ》でしょ、海苔《のり》でしょ、海苔お醬油マヨネーズでしょ、バター醬油でしょ、砂糖《さとう》醬油でしょ、きなこでしょ、納豆《なっとう》でしょ、納豆キムチでしょ、納豆キムチマヨネーズでしょ、大根《だいこん》おろしでしょ、お雑煮《ぞうに》でしょ、お汁粉《しるこ》でしょ、チーズでしょ」

「そ、そんなに種類がありますの……。私、お餅を甘く見ておりましたわ」

「甘いおもちなら、意外とチョコもいけるんだよ。これが」

「お餅にチョコ？　合うのかしら？」

「想像できませんわ……」

八百万ちゃんにも想像できないものがあるのね」

八百万の〝個性〟は〝創造〟。分子構造まで把握《はあく》している豊富な知識で、生物以外のものならなんでも自分の体から産み出すことができるのだ。

「想像したくないと言ったほうが正しいかもしれませんわね」

「あっ、おもちのお礼にチョコおもちご馳走《ちそう》するよ！」

「う〜ん、できるなら他の種類だとありがたいですわ……」

「私はちょっと食べてみたいかも」

「任せて！」

そんなことを話しつつ、スーパーに着いた。全国展開しているチェーン店で、食料品だけでなく、日用品や衣類なども取り扱っている大きな店だ。

「さっ、行こー！　……ん？」

「ここがスーパー……」

自動ドアをくぐり、買い物かごを持ったお茶子と梅雨が、あたりをキョロキョロと見回す八百万を振り返る。

「八百万ちゃん？」

「あ、すみません。あまりスーパーに来たことがなくて、つい……」

「おお〜、お嬢様だ！」

「あ、あの、このカートは使いませんの……？」

カゴの隣に置いてあるカートをちらりと見る八百万。

「あ、使う？」

お茶子がカゴをカートに入れる。めずらしそうにそれを見ている八百万に、お茶子がそのカートを差し出す。

「八百万さん、押す？」

「えっ、いいんですの？　実は、前からちょっと気になっていて……」

そっとカートを押す八百万。「まぁ、スムーズ！　これは腕が疲れなくて便利ですわね」と興奮したような八百万の様子《ようす》に梅雨が無表情だがどこか微笑《ほほえ》ましそうに言う。

「八百万ちゃん、子供みたいね」

「なんかかわいい！」

お茶子も同調して頷《うなず》く。八百万は衣類エリアを見て口を開いた。

「まぁ、衣類も売っているんですの？　スーパーって」

「ぐるっと見てみようか。あ、でもまずは……」

「お餅の確保ね」

通いなれたお茶子が先導して「こっち」と歩きだす。その途中、陳列《ちんれつ》されている野菜などを八百万がカートを押しながら珍しそうに見回して言った。

「麗日さん、人参とじゃがいもの詰め放題ですって！　何に詰めますの？　バッグ？」

「ビニール袋だよ。バッグに詰めたら万引きやん！」

笑って突っこむお茶子。八百万が少しだけ恥ずかしそうに「確かに……」と顔を赤らめてから思い出したように言う。

「そうそう、たまにテレビでやってますわね、万引き」

「夕方のニュースとかね。物を瞬時に移動させる〝個性〟とか使ったものだと、発覚しにくいから小さなお店だと大変らしいわ」

「許せないなっ、小さなとこはいっぱいいっぱいでやってるのに」

実家と重ねているのか鼻息荒いお茶子に、八百万も深く頷く。

「窃盗《せっとう》ですからね。凶悪な犯罪ばかり注目を集めがちですけど、犯罪は犯罪ですわ。きちんと取り締まらなければ。自分だけが得をしようとする人が多すぎます」

その言葉に、お茶子はハッとする。

「――今さらだけど、お一人様ひとつなのに、友達に頼んで買ってもらうのっていいんかな……!?」

真剣に悩むお茶子に、八百万と梅雨は顔を見合わせてから考えこむ。

「……難問ですわ……。なにしろ、私、こういう事態が初めてなので……」

「実家にいた時は家族で並んで買ったことはあったけど、友達やろ？　こういうのって買収とかそういう汚い大人のやり方なんかな～？」

「確かに、誰かが多く買ったぶん、他の誰かが買えなかった……なんてこともあるかもしれないわね」

冷静な梅雨の意見に、お茶子は引き裂かれそうな心を押さえこむように両手で頭を抱《かか》えこんだ。

「あかん……ヒーロー志望なのに、他人のおもちと自分の生活費が両天秤《りょうてんびん》で揺れとる……！」

「麗日さん……」

「あ、あれお餅パックじゃないかしら」

梅雨が少し離れた場所にそれらしきものをみつける。近づいてみると、お餅パック大袋は大量に積んであった。

「お茶子ちゃん、このくらいたくさんあれば大丈夫じゃない？」

「そうですわ、この中の三袋くらい大海の一滴です」

二人に励《はげ》まされるように言われて、いったんは「そ、そうだよねっ」と一袋をカゴに入れ、二袋目に手を伸ばそうとしたお茶子だったが、ぐらぐらと揺れる天秤にその手を止める。

「う〜、でももしかしたらすぐ大家族がどっと買いにくるかもしらんし……おもちパーティ計画してるかもしらんしぃ〜……っ、あ、でも私もおもちパーティしたいなぁ〜っ……うう、どないしよ〜っ」

葛藤《かっとう》するお茶子に、梅雨が提案する。

「それじゃ、こうしたらどうかしら。もう少し待ってみて、全然減ってなかったら私たちも買う。ちょっと減ってたら私か八百万ちゃんどちらかが買う。いっぱい減ってたらお茶子ちゃんだけが買う」

「それがいいですわ。売れ残りはお店も避《さ》けたいでしょうし」

「でも、いいの？　二人とも、時間は……」

「私は大丈夫よ」

「私もかまいませんわ。それに、スーパーを見て回るのは、とても興味深いですし」

「ありがとう！　二人とも～っ」

かくして、三人はスーパーの中を回って時間を潰《つぶ》すことにした。

お菓子《かし》コーナーなどで昔好きだったお菓子談義《だんぎ》に花を咲かせたりしながら、衣類エリアへと移動する。

「あ、そういえば梅雨ちゃん、便箋ってもしかして明日の手紙？　授業参観の」

「パジャマまで置いてあるのですね」などとはしゃぐ八百万を微笑ましく見ながら、思い出したようにお茶子が言う。

「そう。あと少しってところで便箋がなくなっちゃって。同じ便箋じゃないと気持ち悪いでしょう？　お茶子ちゃんはもう手紙書き終った？」

「うん！　バッチリ！　八百万さんは？」

「え？　ええ、もちろんですわ。ただ、やはり個人的な手紙を人前で朗読《ろうどく》するというのは少々恥ずかしいですけど」

「だよね～。父ちゃんとか大げさにリアクションしそうで、そっちも心配」

苦笑《くしょう》するお茶子に梅雨が言う。

「そういえば、お茶子ちゃんの家はお父さんが来るのね」

「うん。本当は母ちゃんも来たかったらしいんだけど、話し合いとじゃんけんの末、父ちゃんに決まったみたい」

「仲のいいご家族ですわね」

「そういう八百万さんの家は？」

「母ですわ。そういう行事などは全部」

「八百万さんのお母さんか～、なんか上品そう！」

お茶子は八百万と似た母親を想像する。

「よく子供の頃、友達からそんなことを言われてましたけど、私にとっては普通の母ですわ。でも、しっかりと家庭を守りながらも、自分のことにも気を抜かずにいるのは女性として尊敬しています」

少し誇《ほこ》らしげに微笑んだ八百万が、眉《まゆ》を寄せ「でも……」と続ける。

「少し……おっちょこちょいなところがあるのがたまにキズなんですけど……」

「たとえば？」

「コーヒーと麺《めん》つゆを間違えたり、歯《は》磨《みが》き粉《こ》で顔を洗ったり、砂糖と塩を間違ったり
……」

「ベタベタや!!」

ブフーッと吹き出すお茶子。

「完璧なお母さんより、そういうところがあったほうが親しみが湧《わ》くわ」

「そうでしょうか……。そういう梅雨さんは明日、どなたがいらっしゃいますの？」

「ウチはお父さんよ。カエル顔だからすぐわかると思うわ……ケロ？」

ふと、梅雨が何かに気づいたように、お茶子と八百万の後ろのほうをじっとみつめる。

「どしたの？」

「……どうかしたのかしら、あの人」

その言葉に、お茶子と八百万が振り返る。するとそこには、俯《うつむ》きながらもまるで警戒しているようにあたりを忙《せわ》しなくキョロキョロと見回している細身《ほそみ》の男がいた。歳《とし》は二十歳《はたち》前後のように見える。よく見ると、大汗をかいているのがわかった。

「……具合でも悪いのかな？」

「それはいけませんわね、倒れる前に……」

八百万が声をかけようと一歩踏み出そうとしたその時、お茶子がハッとした。

「――ちょっと待って。あそこ、下着売り場じゃない……？」

男がうろついているのは女性下着コーナー。女性物のピンクや白や黒やベージュや紫《むらさき》や赤などなどの華《はな》やかな色のお花畑だ。

明らかに挙動不審《きょどうふしん》な様子に、お茶子たちは思わずパジャマの陰《かげ》に隠れる。そして、そっと様子を窺《うかが》った。

「……もしかして下着泥棒……」

緊張しながらそう呟《つぶや》いたお茶子に、八百万も緊張しながら続ける。

「その可能性はありますが、決めつけるのは早いですわ。もしかしたら彼女や奥様へのプレゼントを選んでいるのかもしれませんし……」

「自分用の可能性もあるわよ、八百万ちゃん」

「た、確かにいろんな趣味の方がいらっしゃいますしね……」

いつもの様子で動じない梅雨の呟きに、八百万が動揺しながらも努《つと》めて冷静に呟き返す横で、お茶子はめくるめく趣味の世界を妄想した。

「無限の可能性やな……」

「……なんだか私たち、万引きGメンみたい」

「本物の万引きGメンは……いなさそうですわね」

男の周囲には見る限り誰もいない。そんななか、パジャマに隠れて男を観察している自分にお茶子は少し緊張しながらも苦笑した。

「……私ら、考えすぎかな?　あの人、ただ見てるだけかもしらんし」

SMASH
3足 1,000
1P ¥380
パジャマ各種
¥980~
SALE
2F FUS
僕のヒーローアカデミア
雄英白書

「ただ見てるだけなのも、ちょっとどうかと思いますけど。……でも確かに、何も盗《と》っていないのに犯人扱いするのは――」

と、八百万が言いかけたその時、男が純白のショーツをサッとポケットに入れた。

「「「！！！」」」

決定的現場を目撃した三人の前で、男はそそくさと歩きだす。

「どっ、泥棒ですわ……っ」

「で、でもこのままレジに行くかも……!?」

「店の外に出たら確定ね」

衝撃的なシーンに動揺してか、小声で叫ぶ八百万とお茶子に反して、梅雨は足音もたてず男の後を追う。慌《あわ》てて二人もついていく。

どうかそのままレジに向かっておくれ、ヘンタイさん……！　というお茶子の祈りも虚《むな》しく、男は足早に出入り口へと向かい、自動ドアを通り過ぎ、店の外へ出た。

「はい、確定」

「そこの人、ちょっと待ったぁ！」

駆け寄ってきたお茶子たちに、振り返った男は「わっ」と顔を青ざめさせたかと思うと、転《ころ》がるように駆けだした。

「あっ、逃げましたわ！」

「待てぇえい!!」

「ケロ」

「ご、ごめんなさい、ごめんなさい、ごめんなさい〰〰!!」

男は謝《あやま》りながらも止まらない。だが、ヒーロー科で日々、鍛《きた》えている三人はあっというまに男に追いつく。そして捕《つか》まえようとしたその瞬間、男が思わぬ行動をとった。

「なん……!?」

花壇に植えられていた花を引きちぎったかと思うと、それをむしゃむしゃと食べたのだ。思わず呆気《あっけ》にとられていたお茶子たちがハッとする。男の鼻から、黄色い空気のようなものが勢いよく流れ出てきた。それはあっというまに三人を包む。

「黄色の粒子《りゅうし》……？」

「なんにしろ、吸いこまないほうが……ケロッ…」

「っ……!?　ゴホッ、ゴホッ……」

しかし、吸いこんでしまった三人を置いて、男は逃げるように駆けだした。

「あっ、待て……！」

慌てて追いかける三人。だが、ほどなく体に変化が現れた。

まず体がだるくなったかと思うと、目と鼻がむずむずとかゆくなるが、万引き犯を追っている真《ま》っ最中《さいちゅう》。気のせいだと思い、かゆみとだるさを我慢しながら走る三人。

しかし、その症状はあっというまにひどくなる。

目がかゆい。鼻がムズムズする。いや、ムズムズを通りこしてムガムガする。

「な、なんだか私、急に具合が……っ、クシュン!!」

「目と鼻の中がかゆい〜いぃ〜!! へっくしょん！」

「これってもしかして……ケロッピ、ケロッピ！」

たまらず立ち止まった三人はお互いの顔を見る。真っ赤《まか》になった目に、鼻水をすすりながら、かゆみを我慢し顔をしかめたりして、とても見られたものではない。

「今の梅雨ちゃんのくしゃみ？ がわいーねぇ」

「クシュン！ 麗日さんっ、そんな場合じゃないですわ……この症状って」

「ケロッピ！ まるで花粉症みたい……」

「あっ、もしかしてさっきの万引き男が出した黄色いのって……」

「花粉だったのがもじれないですわね……そういう〝個性〟で」

「花食べて、鼻がら花粉って……へ、へ、へっくしょん!! ……あ!?」

お茶子がくしゃみをしたその瞬間、ふいに片手が八百万に触れてしまった。

「キャッ……!?」

〝無重力《ゼログラビティ》〟で浮き上がってしまう八百万。

「ご、ごめん、今……へくしゅん！　へくしゅん！　へくしゅん！　へくしゅん！　へくしゅん！」

お茶子が両手を合わせて解除しようとするが、止まらないくしゃみのせいで、つい鼻回りなどを押さえてしまいままならない。

その間も八百万はくしゃみの反動でどんどん上がっていってしまう。あっというまに近くの街路樹《がいろじゅ》の高さを超《こ》えようとしていた。

「クシュン！　クシュン！　クシュン！」

「今、救《たす》げるわ」

そう鼻を詰まらせながら梅雨が舌を八百万へと向かって伸ばす。しかし。

「……ケロッピ！　ケロッピ！　ケロッピ！」

もう少しで届きそうだった舌が、くしゃみをした反動で近くの街路樹に絡《から》まってしまった。枝と幹《みき》にぐるぐると絡みついたそれはまるでピンクの大蛇《だいじゃ》だ。その間もくしゃみは止まらない。

「ゲロッピ！　ゲロッピ！　ゲロッピ！」

「へくしゅん！　へくしゅん！　へくしゅん！　ちくしょう！」

苦しそうな梅雨とくしゃみが止まらないお茶子に、八百万は浮きながらもキッと鼻水をすすり、自分がなんとかしなければと決意する。そしてクラス一位の頭脳で答えを導《みちび》き出した。

「――花粉症といえば、マスク……!!」

そして作り出したマスクを服の中から取り出す。

「お二人とも！　これで花粉症を予防できますわ！　クシュン!!」

「すでに花粉症になってるのにもう予防はムリや！　へっくしゅん!!」

「あぁっ、私としたこ……クシュン！　クシュン!!」

八百万の知識も花粉症にかかってしまっていた。

「へくしゅんっ……解除!!」

お茶子がくしゃみしながらも、両手を合わせてなんとか解除する。とたんに八百万が落ちるが、街路樹に絡まっていた梅雨の舌がハンモックのようになって救《たす》かった。

お茶子は八百万とともに梅雨の絡まった舌を街路樹からほどく。

「ありがと……もう一生、木に絡みついたままかと思ったわ」

「こちらこそ梅雨さんの舌のおかげで救《たす》かりましたわ」

「それにしても許すまじ！　あの花粉症万引き男めっ」

憤慨《ふんがい》するお茶子に頷く八百万。

「ええ、許せませんわ……あら？　そういえばさっきより症状が軽くなったような」

先ほどまでの猛烈なかゆみやくしゃみも落ち着いていた。

「一過性《いっかせい》のものだったのかもね」

「もう絶対捕まえてやるっ」

だが、男はとっくにいなくなっている。

「男はあっちのほうへ行きましたわ。まだそれほど遠くまでは行っていないと思いますし、とりあえず探しましょう！」

花粉症の苦しさは三人の怒《いか》りと正義感に火をつけた。

男の逃げた方向に向かうと、ちょっとした通りに出た。だが、見当たらない。三人は歩いている人たちに、男をみかけなかったかと聞きながら進んでいく。

だが、男はなかなかみつからない。

「う〜ん、本当にこっちに来たのかな？」

「あっ、あの女の人にも聞いてみましょう。……あの、すみません！」

待ち合わせの目印になるような時計の下で、あたりをキョロキョロと見回しているロングヘアのキレイなお姉さんに八百万は声をかける。

「え？　あ、はい」

「若い男の人を見かけませんでしたか？　慌てたような……」

突然、声をかけられきょとんとしていたお姉さんだったが、思い出すように少し考えてから口を開く。

「若い男の人は見たけど、とくに慌てたりはしていなかったですよ」

「もしかしたら注目を集めないようにわざと自然にしている可能性もあるわね」

梅雨の言葉にお茶子はお姉さんに身振り手振りを交《まじ》えて言う。

「その男の人、細くて、なんか気弱そうな感じじゃありませんか⁉　背はこんくらいで」

「ううん、メガネでふっくらしてたけど」

お姉さんの言葉に、「じゃあ違うな〜」とがっかりするお茶子。

「なんだか役に立てなくてごめんなさいね」

申し訳なさそうに言うお姉さんに、慌てて首を振る。

「いえっ、こちらこそすみません！　ちょっと花粉症万引き犯を追ってるんです」

「花粉症万引き犯……？」

「人を花粉症にする〝個性〟の万引き犯なんです！　お姉さんも、鼻から黄色いの出す男を見たら気をつけてくださいね！　それじゃっ」

「あ……」

踵《きびす》を返すお茶子たちに、お姉さんは少しだけ眉をひそめた。


それからお茶子たちは周囲を歩きまわり、通りから少し離れた住宅街にやってきた。さすがに疲れを感じて、みつけた小さな公園で少し休もうと入っていく。休日の午後だが、ちょうど隙間《すきま》の時間なのか誰もいない。小さいながらもちゃんとトイレが設置されていた。

「あ、私、顔を洗ってきますわ。くしゃみ、連発してましたし」

「私も洗う～。さっぱりしたいっ」

「私は胃袋まで洗いたいわ」

トイレへ向かう三人。その時、急いで男子トイレにかけこもうとする男に出くわした。

「へ？」

「「「あ」」」

それは花粉症男だった。

時が止まった一瞬後、「「「「あ～！！！」」」」という四人の声が公園に響く。その直後、男が慌てて逃げ出した。

「ごめんなさい、ごめんなさい～!!」

「ごめんですんだら警察もヒーローもいらない！」

「下着を盗ったのを目撃しましたわ、観念《かんねん》なさい！」

「あ、そっちは……」

男の逃げる方向を見て、梅雨がハッとする。追い詰められた男の前には花壇があり、キレイな花が咲いていた。

男は震える手で花を引きちぎり、お茶子たちを振り返った。

「お、お願いですっ、見逃してください……！」

「それ以上近づけば、また花粉をまき散らすと脅《おど》してますの……！　卑怯者《ひきょうもの》！」

花粉症の恐怖にお茶子たちはたじろぐ。一度体験したあの苦しさは、まさに拷問《ごうもん》だ。

「ぼ、僕には、どうしても行かなきゃいけないところが……一生に一度のチャンスなんだ……!!　だからっ」

そう言って男は花を食べようとする。八百万はハッと思い出したように、ポケットからマスクを取り出した。

「麗日さん！　梅雨さん！　早くこれを！」

「これってさっき作ったマスク⁉」

八百万から渡されたマスクをかけるお茶子と梅雨。八百万もサッとかける。

「でも、あくまで予防ですわ！　完全に防ぎきれないかもしれません、だからお二人とも……！」

そして八百万は小声で二人に作戦を伝える。即座に頷く二人。

「オッケー！」

「わかったわ」

そして男が花を食べた直後、お茶子はバッと舗装された歩道に両手をついた。とたん、浮き上がった歩道は男の足元を持ち上げる。男がバランスを崩《くず》したその瞬間に、上げたマスクの隙間《すきま》から梅雨の舌が伸び、ぐるぐると男に巻きつく。

「ふぐっ」

情けない声を出して捕まった男だったが、最後のあがきとばかりに花をむしゃむしゃと食べた。そして鼻から黄色い花粉が出てくる。

「あっ、来るよ、花粉!!」

「――できましたわ！」

その八百万の声にお茶子と梅雨が振り返ると、八百万は団扇《うちわ》をもっていた。どうやら二人が動いている隙《すき》に想像で作っていたらしい。

「花粉など、どこかに行ってしまいなさい!!」

そして優雅かつ力強く団扇で花粉を吹き散らす。お茶子は慌ててその様子を手で真似《まね》しながら聞く。

「扇風機とかのほうがよかったんじゃ?」

「どこにコンセントが？　それに、少しの動作で風を起こせる日本の団扇が最適ですわ」

「なるほどです！」

花粉も飛び去り、取り囲まれ逃げ場を失った男を、マスクを取った八百万が〝創造〟で出した縄《なわ》で縛《しば》る。

「さ、お店に行きましょう」

「ま、待ってくれ！」

促《うなが》す八百万に焦《あせ》る男。梅雨とともに脇《わき》を固めるお茶子がビシッと言う。

「往生際《おうじようぎわ》が悪いっ」

だが、男は必死な様子で訴えた。

「せめて、電話をかけさせてくれ……大事な人を待たせてるんだっ」

「待たせることになった原因はあなたでしょう！　そもそもあなたが下着を盗んだりするから」

「ごもっとも……」

まったく反論の余地《よち》もない八百万の指摘に、男はしゅんとうなだれる。その様子はまるで雨の日に捨てられた仔犬《こいぬ》のようだ。

あまりに落ちこんだ様子に、お茶子は情に厚い老刑事のように話しかけた。

「お兄さん、お兄さんにも家族がいるんだろう？　いくら女性用の下着が欲しくても盗んだらあかん……。お母ちゃんが泣いとるよ……」

「ごめんなさい……パンツはお店に返し……え？　女性下着……？」

お茶子の言葉に目を潤《うる》ませていた男がきょとんとする。

「レジに持って行くのが恥ずかしかったの？」

きょとんとする男にきょとんとしながら梅雨が聞く。

「ちょっ、ちょっと待って！　女性下着っていったい何のことを言ってるんだ？」

慌てる男に八百万がそっと首を振る。

「とぼけなくてもよろしいですわ。世の中、いろんな趣味の方がいらっしゃいますしね」

「たまにはカワイイ下着、つけたかったんでしょ？」

うんうんと頷くお茶子に、男は大きく首を振って言う。

「ち……違うよ！　僕が盗ったのは白のブリーフじゃないの⁉」

「違うわ、ほら」

梅雨が男のポケットから女性用の白いショーツを取り出し、男に見せる。そのとたん、男の顔がサーッと青ざめた。

「ぼ、僕が欲しかったのは何でもいいから普通の男のパンツだったんだ！　焦って、白いブリーフだと思って……いや、僕はふだんはボクサータイプだけど！」

「めくるめく趣味の人じゃなかったのね」

そう言う梅雨の言葉に、「なぁんだ～」となぜかちょっとだけ残念な様子のお茶子。

「……だとしても、盗んだことに変わりはありませんわ」

「どうして下着が欲しかったの？」

男は三人からじっと見られ、もごもごと言いにくそうに口を開いた。

「……はいていた下着を汚してしまって……」

「は？」

男は目を潤ませながら言う。

「大学に入学して一目惚《ひとめぼ》れした彼女……みゆきさんを、やっとデートに誘えたんだ。四年間、ずっと片思いしてきたみゆきさんとデートできるんだと思うと、もう三日前から眠れなかった……。今日は緊張で朝からお腹が痛くて……待ち合わせ前にトイレに行こうとしたらなかなかみつからなくて……それで……ちょっとだけ、ほんのちょっとだけ、もらしてしまったんだ……」

「あー……」

男の告白にどうリアクションしたものかわからず、三人は曖昧《あいまい》に頷いた。

「そんな汚《よご》れた下着のまま彼女に会うわけにはいかないだろう⁉ 下着を捨て、新しい下着を買おうと思ったら……サイフ、家に忘れたのに気づいて……」

「あちゃー」

思わずおでこに手を当てるお茶子。

「時間は迫《せま》ってくるし、早くなんとかしなきゃとパニックになって、つい……」

八百万は同情したように小さく首を振った。

「……残念な不幸が重なった末の犯行でしたのね……。しかし、だからといって犯罪を犯していい理由にはなりません」

「でもべつに、はかないままでもよかったんじゃ？　ズボンはいていればわからないでしょ？」

首をかしげる梅雨に、男は叫んだ。

「みゆきさんの前でノーパンでいるなんて、そんな失礼なことできないよ……!」

男の複雑な恋心に、三人がどうしたものかと思ったその時、少し前に聞いたばかりの声が聞こえてきた。

「べつにノーパンでもかまわないわ」

三人が振り返ると、さっき時計の下にいたロングヘアの女の人が公園の入り口に立っていた。

「み、みゆきさん……!」

男が驚いて叫ぶ。

「えっ? みゆきさんって……!!」

「デートのお相手!?」

男以上に驚くお茶子と八百万。その隣で梅雨は「まぁ」と少しだけ驚いている。

「やっぱり、鈴木《すずき》くんのことだったのね。さっき、あなたたちが言ってた花粉の万引き犯って……」

そう言いながらゆっくりと近づいてくる女。男は泣きそうに焦りながら、逃げだそうとするが縛られているせいでぶざまに転んでしまった。

「ごめんなさい、話は聞かせてもらったわ」

自分たちより少し大人のカップルの修羅場《しゅらば》の予感に、お茶子はあわあわと、八百万は緊張して、そして梅雨はただ黙って見守るしかない。

「ごっ……ごめん、みゆきさん……！　僕、僕……せっかくデートをＯＫしてくれたのに……僕は汚れたパンツ以下だ……。ゴミ箱に捨ててくれ……」

「……ノーパンだろうが、ノーパンじゃなかろうが、もらそうが、もらすまいが、汚れたパンツだろうが……鈴木くんは鈴木くんよ。気が弱くて、いつもおどおどして……だから気になって放っておけないの」

「み……みゆきさん……」

男を起こして、優しく微笑む女。思わぬ展開に、お茶子と八百万のみならず、梅雨の目も驚きに見開かれる。

「でも、犯罪はダメ。一緒に謝りにいきましょう」

「え……いいの？」

「言ったでしょ、放っておけないって」

「みゆきさん……！」

急転直下。なんだかよくわからないが、とにかく愛が成就《じょうじゅ》したらしい。

そうして男と女はお茶子たちにお礼を言って、スーパーへと去っていった。

二人の姿が見えなくなってから、お茶子と八百万はどっと深いため息を吐《つ》く。

「なんか……疲れた……！」

「ええ、精神的にも……」

「でもまぁ、万引き犯も捕まえられたし、男の人の恋もうまくいきそうだし、よかったんじゃない？」

ケロッとして言う梅雨に、お茶子が言う。

「結果オーライ？　まぁ情けなそうな男の人としっかりした女の人で、お似合いだったかもしれないね」

「でも、私、わかりませんわ」

「何が？」

「あの女の人の気持ちですわ。男の方にはもう少し毅然《きぜん》としていてほしくありません？その……もらしたあげく窃盗するような男の人に幻滅《げんめつ》しないどころか、放っておけないなんて……」

さっぱりわからないというふうに首を振る八百万。

「放っておけないっていうのはわかるな。心配的な意味で」

そう言いながら、お茶子はふと初めて出久《いずく》に会った時のことを思い出す。もさもさ頭に大きなリュックを背負《せお》って、足がおもしろいくらいガクガク震えてた。そんな姿が、がんばらねばと、いつのまにか力《りき》んでいたお茶子をリラックスさせてくれた。だから、転びそうになった時、思わず手を差し伸べてしまったのだ。

——でも、そのあとは救《たす》けられてばっかりだけど。

「お茶子ちゃん？　どうしたの、思い出し笑い？」

自然に弛《ゆる》んでいたらしい頰《ほお》を押さえて、お茶子は「なんでもない」と首を振る。

「でも、そういう手のかかる男の人がタイプの女の人ってけっこういるんじゃないかしら？　ダメな男の人が好きな人」

「いろんなタイプがいるんだなぁ」

「私、汚れたパンツを愛せるかしら……？」

そう言って不安そうに頰に手をあてる八百万。

「汚れたパンツは捨てたほうがいいわ」

梅雨が冷静に言うと、あっけらかんとお茶子が続けた。

「キレイに洗ったらいいんじゃない？」

「パンツ自体の話ではなくてですね……」

八百万が困ったように顔をしかめたその時、お茶子のおなかがキュルルと鳴る。

「はー、疲れたらおなかすいてきた……あー!! おもち!!」

思い出して叫ぶお茶子。カゴは衣類エリアのパジャマの売り場に置きっぱなしだ。

「すっかり忘れてましたわね。お餅、まだ残っているといいんですけど……」

「行ってみましょ」

「うん!」

「今なら、チョコお餅も食べられそうな気がします」

「任せて!」

三人は楽しそうにお餅のことを考えながらスーパーに向かって駆けだした。

——明日、自分たちの身に降りかかる事件のことなど微塵《みじん》も知らず。

Part《パート》.6

1-A：授業参観

——そして、授業参観当日。

出久《いずく》が1—Aの教室に入ると、梅雨《つゆ》とその席の横で楽しそうに話しているお茶子《ちゃこ》が気づいた。

「今日はカレーもちに……あ、おはよ！　デクくん」

「緑谷《みどりや》ちゃん、おはよう」

「おはよう、麗日《うららか》さん、あす…梅雨ちゃん」

お茶子のうららかなスマイルに出久はわずかに頬《ほお》を染めながら挨拶《あいさつ》を返す。だいぶ慣れてきたとはいえ、女子としゃべるというのは妙に落ち着かない。

「今日は参観日だね〜。デクくんのとこは誰が来るの？」

「お母さんだよ。なんか緊張してた」

「ウチの父ちゃんも！」

「緊張ってうつるよね」

そう苦笑《くしょう》しながら教室の後ろを通り、窓側の自分の席へと向かう。いつもと同じ教室だが、どこか浮き足立っているような雰囲気だ。あちこちで誰が来るだの、親がどうしたのと話が盛りあがっている。

（授業参観って、やっぱりなんか気恥ずかしいよね）

ふだん、通っている学校に親が来る。学校と家、離れている二つの日常が合わさるのは非日常的な出来事だ。

けれど、気恥ずかしいながらも観《み》に来てくれることはいやではない。むしろ、どこか誇らしい気持ちがある。ずっと行きたかった雄英《ゆうえい》高校でがんばっている姿を観てほしいと思っているのはきっと自分だけではないはずだ。

（あ、でも手紙読むんだった……）

ヒーロー回顧《かいこ》展から帰ったあと書きあげた手紙。「がんばる」とか、「心配かけてごめん」とか結局無難《ぶなん》なものになってしまったが、正直な気持ちをこめた。でも、正直だからこそ、恥ずかしい。

出久が微妙な顔でため息を吐《つ》いた時、「なんだ」と声がかけられた。

「あ、轟《とどろき》くん、おはよう」

「おう」

乏《とぼ》しい表情でじっと見られ、出久は轟がさっきの疑問の返事を待っていることに気づく。

「あぁ、なんでもないよ。ただちょっと手紙を読むのが恥ずかしいなって」

「まぁな」

それは誰だってそうだ、ということだろうかと思いながら、出久は聞く。

「轟くんは、手紙書いたの？」

「あぁ、いちおう姉貴に」

「お姉さんが来るんだ？」

「あぁ」

「そっか」

そっけない轟の返事に出久が笑ったその時、轟の前の席の常闇《とこやみ》と話していた飯田《いいだ》が気づいて声をかけてくる。峰田と上鳴も一緒だ。

「おはよう！　緑谷くん！　今日は授業参観びよりだな！」

「おはよう……あっ、昨日《きのう》は遊園地どうだった？　行けなくて本当にごめん！」

ハッと思い出す出久に飯田は笑顔で首を振る。

「気にすることはない。いろいろハプニングもあったが、満喫《まんきつ》させてもらった。なぁ常闇くん！」

「あぁ……」

神妙《しんみょう》に頷《うなず》く常闇。だが、峰田《みねた》が重大な告発をするように言う。

「聞いてくれよ、緑谷！　常闇、ロリコンだったんだよ……！」

「ええっ？」

「なっ……虚言《きょげん》を吐くな……！」

驚く出久に上鳴《かみなり》が苦笑する。

「違う、違う、常闇が幼稚園児にコクられたの」

「え、なんで？」

「まぁそれは話せば長くなるのだが、出会いはどこに転《ころ》がっているかわからない。だが、とりあえず言えるのは、常闇君はロリコンではないということだ」

きちんと訂正する飯田に、峰田は食い下がる。

「いいや、二十年後ならわかんねーだろ！　いや、むしろ今から理想の女に育てあげる光《ひかる》源氏《げんじ》計画を発動するつもりなんじゃ……！」

常闇が軽蔑《けいべつ》の眼差《まなざ》しで口を開く。

「それをやりたいのは峰田、お前だろう」

「あぁやれるもんならやりたいね!!　犯罪にならないギリギリな感じで！」

「峰田はギリギリアウトだろ」

朝から欲望むき出しな峰田に、轟の隣の席の八百万《やおよろず》と話していた耳郎響香《じろうきょうか》が耳たぶから垂れたコードのようなものを揺らしながら振り返って言う。耳郎の〝個性〟は〝イヤホンジャック〟。耳たぶから伸びるジャックを挿《さ》して、自分の心臓音を響かせることができる。

「うるせえっ、チッパイは黙ってろ」

「ハァ⁉」

峰田に鼻で笑われ、鬼の形相《ぎょうそう》になる耳郎に飯田が首をかしげる。

「チッパイ？　とは何なんだ？」

「ちいせえおっぱいのこと」

「上鳴っ、んな説明してんなよっ、飯田も聞くなってば！」

「それは失礼した。だが胸は胸だ。大きくても小さくても気にすることはないぞ」

飯田の言葉に八百万も同意して深く頷く。

「そうですわ、耳郎さん」

そんな八百万の胸は立派だ。ヤオヨロッパイだ。

「ヤオモモに言われてても」

「それより、チョコお餅……これが意外とイケましたの！」

「マジで〜？」

（チョコお餅……？）

聞こえてきた妙な組み合わせを不思議に思いながら、出久は席に着く。そろそろショートホームルームの始まる時間だ。時間ピッタリに相澤《あいざわ》先生はやってくる。

――はずだった。

「相澤先生、来ないね？」

習慣でサッと席に着いていた全員が注目するが、チャイムが鳴り終わってもドアは開かない。一番前の列の葉隠《はがくれ》の言葉に、梅雨が「ケロ」と首をかしげた。

「遅刻かしら？」

「なっ、見本であるはずの教師が遅刻とは……！　これは雄英高校を揺るがす、由々《ゆゆ》しき事態だぞ、みんな!!」

一大事だと飯田が立ち上がり腕を機関車のように回しながら叫ぶのを、常闇の前の席のひょろりとした生徒、瀬呂範太《せろはんた》がなだめるように言う。

「まー、相澤先生だって、相澤先生である前に人間だし。たまにはそういうこともあるんじゃね？」

「しかし、瀬呂くん！　我々が目指《めざ》すヒーローとは一刻を争うものだろう!?　救《たす》けを求める人にとっては命をかけた時間……一秒といえど遅刻は大罪だ！」

ヒートアップする飯田を見ながら、出久は考える。

（たしかにめずらしいな。相澤先生が遅刻だなんて……）

ＵＳＪでの敵《ヴィラン》からの攻撃で重症を負《お》ったあとも、包帯ぐるぐる巻きになりながらいつも通り相澤先生は教室にやってきた。

「――何かあったのかな……？」

出久の呟《つぶや》きに、前の席の爆豪《ばくごう》が舌打ちして前を向いたまま口を開く。

「ボソボソ言ってんじゃねえよ、クソが」

「ごめん、かっちゃん。でもさ」

爆豪は出久の話を聞く気がないように、前を向いたままだ。

（……少し遅れたからって、考えすぎかな。もう少ししたら、きっと来るよね）

だが、ショートホームルーム終了のチャイムが鳴り終わっても、ドアが開くことはなかった。

さすがにおかしいと教室がざわつきはじめる。八百万が訝《いぶか》しげに口を開いた。

「――そういえば、そろそろ保護者が来てもいい時間じゃありません？」

「そだな。でもまぁ始まるまで時間はもう少しあるし……」

瀬呂の隣の席の切島《きりしま》が考えながらも楽観的に答えた。

「でも、まだ一人も姿を見せないのは……」

眉《まゆ》を寄せて続けた八百万に耳郎が言う。

「どこかで迷ってるとか？」

「雄英、広いからねー」

黒い眼球《がんきゅう》とピンクがかった紫色の肌と髪。そして頭に触角《しょっかく》のようなものが生《は》えている芦《あし》戸三奈《どみな》があっけらかんと笑って言った。

「よし、俺が委員長として職員室に行ってくる。みんなはそのまま待機していてくれ」

飯田がそう言って教室を出ようとしたその時、全員の携帯が一斉《いっせい》に鳴った。

「なんだ？」

出久も慌《あわ》てて携帯を確認する。

「相澤先生からだ……！」

相澤からのメッセージは『今すぐ模擬《もぎ》市街地に来い』というものだった。

模擬市街地とは市街地に見立てた演習場だ。入試実技試験もここで行なった。α《アルファ》からσ《シグマ》区画まであり、それぞれが一つの街《まち》のように大きい。

「市街地？　なんで……」

「……あっ、オレわかった！　相澤先生、あっちでまとめて授業……つーか手紙の朗読《ろうどく》と施設案内するつもりなんじゃね⁉　合理的に！」

頭の上に電球でも浮いたようにひらめいた上鳴。

合理的な相澤先生ならありそうなことだとみんなが頷き、しぶしぶ移動を開始する。

「そういうことならばしかたがない……みんな、手紙を忘れずに！」

飯田が率先《そっせん》して引率《いんそつ》し、乗り場で待機していたバスに乗りこむ。雄英高校は広大なので、各施設行きのバスがあるのだ。広大な敷地内をバスに揺られながら進んでいく。

「最初からあっち集合にしとけっての。めんどくせえわ～」

「ハハ……」

横並びのシートに座った出久は左隣の峰田の率直《そっちょく》な愚痴《ぐち》に苦笑するが、ふと引っかかり考えこんだ。

「どうした、緑谷くん」

右隣の飯田に話しかけられ、出久は迷いながら口を開く。

「うん……なんか、そういう二度手間なこと、相澤先生がするかなぁって思ってさ」

「たしかに、相澤先生らしくはないな」

目をシパシパと瞬《まばた》きさせながら飯田も頷く。その横に座っている轟が、何を言うでもなく黙って話を聞いていた。

合理的がモットーの相澤先生なら、あらかじめすべてを用意しておくはずだ。

「緑谷、考えすぎ、考えすぎ！　ハゲんぞ？　きっとうっかりしてたんだよ、うっかり相澤だよ」

「八兵衛《はちべえ》か！」

向かいでブフーッと吹き出すお茶子の隣で、梅雨が言う。

「それ、相澤先生の前でも言えるの？　峰田ちゃん」

「絶対言わねえから、絶対言うなよ！」と焦《あせ》る峰田を横目に、飯田がハッとして口を開く。

「もしかしたら、何か先生なりの考えがあるのではないか？」

「考え？」

「あぁ、ヒーローが呼ばれる時はいつも突然。だから、そのとっさの対応を今から訓練しているとか」

「あぁ、それはあるかもしんねえな」

轟が無表情に呟く横で、飯田が小さく欠伸《あくび》をした。

「眠いの？　めずらしいね」

「あぁすまない、振動に揺られているとつい……昨日、夜更《よふ》かしをしてしまった。手紙が長すぎると時間をとってしまっていけないだろう？　四〇枚からなんとか二〇枚まで絞《しぼ》ってみたんだ」

「絞ってそれ⁉　いや、二〇枚削《けず》ったのもすごいけど！」

驚く出久に飯田は真剣な様子《ようす》で首を振る。

「もう絞れない……感謝の気持ちがぎゅうぎゅうすぎて、一文字も削れないんだ……！」

「どうりでポケットが膨《ふく》らんでると思ったぜ」

こともなげな轟の言葉通り、飯田の手紙が入っているポケットはパンパンだ。飯田が取り出した膨らんだ封筒を見て、「私のサイフもそんくらいパンパンやったらな～」と笑うお茶子。

その天真爛漫《てんしんらんまん》な笑顔に、出久もつられて笑う。

（――やっぱり考えすぎか）

そして自分の書いてきた手紙をそっと取り出した。パンパンではないけれど、丁寧《ていねい》に書いた。

（お母さん、ハンカチ持ってきてるかな？）

涙もろい母のこと、手紙の内容が客観的に見て大した内容じゃなくても、泣いてしまうかもしれない。そんな様子を想像して、出久は大丈夫かなぁと心配して苦笑する。

――だが、その想像が想像のまま終わってしまうことを出久はまだ知らない。

模擬市街地のバス停に到着した。だが、そこに相澤の姿はない。バスは元来た道を戻っていく。

「この中で待っているということなんだろう。さぁ、みんな行こう！」

「……なんか匂《にお》う」

飯田が腕を上げてみんなを誘導しようとした時、障子目蔵《しょうじめぞう》が自身の大きな触手の先に鼻を複製していた。ひくひくと匂いを嗅《か》ぐように動いている鼻。障子の〝個性〟は〝複製腕〟。大きな膜の張った触手に体の別の部位を複製することができる。

「オ、オイラじゃねえぞ！」

「違う、……ガソリンのような匂いだ」

「どっかで交通事故とかの演習でもやったんじゃねえの？」

上鳴がそう言った直後、小さな悲鳴が聞こえた。

「なんだっ？」

その悲鳴がやまぬうちに、別の人たちの叫び声も聞こえる。

慌《あわ》てて声のするほうへ駆《か》けだす出久たち。ビルが建ち並ぶ道路を駆け抜けていく。

出久は走りながら、バスの中の嫌《いや》な予感が急激に蘇《よみがえ》ってくるのを感じた。ガソリンの匂いが濃くなっていく。

そして、その予感は当たった。

「っ……なんだよ、あれ……」

立ち止まった切島が茫然《ぼうぜん》と呟く。

突然開けた視界の先には、空《あ》き地《ち》が広がっていた。本来、そこにあったはずのビルは倒壊したらしく、瓦礫《がれき》が脇に無残《むざん》に寄せられている。

ビルの建っていたところには大きな穴。半径数十メートルはあるようだ。

そして、その穴の中央にポツンと取り残された大きなサイコロのような檻《おり》。一見、宙に浮いているように見えるのは、丸かじりして残されたリンゴの芯《しん》のように、削《けず》り残された塔のような地面の上に檻が置かれているからだ。

檻の中からあがっていた悲鳴が、意味のある言葉に変わった。

「お茶子ー‼」

「父ちゃん⁉」

「焦凍《しょうと》……っ」

「っ……」

「天哉《てんや》……！」

「母さん……！」

「出久……！」

「──お、お母さん……？」

紺《こん》のスーツを着た母親の姿に、出久は息を飲む。

檻に囚《とら》われていたのは生徒の保護者たちだった。それぞれ怯《おび》えたように檻から子供の名前を呼ぶ。

慌てて駆け寄ろうとして穴の淵《ふち》まで行く生徒たち。

「っ、くさ……っ、ガソリン……⁉」

お茶子が穴の中を覗《のぞ》いて顔をしかめる。穴の深さは八～九メートルあり、その底に澱《よど》んだ液体が浮かんでいた。

「なんだよ、これっ？　なんで親があんなとこ……」

「つーか相澤先生は⁉」

その時、ざわつく生徒たちを冷たく撫《な》でるように機械的な声が聞こえてきた。

「アイザワセンセイハ、イマゴロネムッテルヨ。クライツチノナカデ」

機械で無機質に変えられた声だが、明らかな敵意が籠《こも》っている。出久たちはとっさに身がまえた。

「暗い土の中って……」

「相澤先生、やられちゃったってこと……？」

「ウソだよ！　なんかの冗談だろ⁉　もうエイプリルフールは過ぎてんだぞ！　つーか、お前誰だよ⁉　姿を見せろ！」

「サワグナ。ジョウダンダトオモイタイナラ、オモエバイイ。ダガ、ヒトジチガイルコトヲワスレルナ」

「人質《ひとじち》……」

突然の出来事に頭が追いつかない出久だったが、それでも事態を把握《はあく》しようと声の主《ぬし》を探してあたりを見回す。それは飯田や轟も同じだった。

そんな出久たちに、触手に耳を複製させていた障子が言う。

「違う、この周《まわ》りじゃない。声はあの檻の中からだ」

「中……？」

「ソノトオリ。ボクハココニイル」

その声を合図にしたように恐れおののいて退《しりぞ》く保護者たちの後ろから、潜《ひそ》んでいた黒い人影が現れた。

「っ!?」

フードつきの黒マントに黒いフルマスクをつけた人物。背の高い男だ。周りの保護者たちは檻の隅《すみ》に逃げる。

出久はその光景に体を強張《こわば》らせた。

(――なんだ、これ。いったいなんで、何が――)

「――っ」

異常な事態に飯田が隙《すき》を見て、そっと携帯から連絡をしようとしたその時、男が言う。

「サキニイッテオクガ、ガイブヘモ、ガッコウヘモレンラクハデキナイノデアシカラズ。アァ、モチロン、ソコノデンキクンノ〝コセイ〟デモムダダ」

男が上鳴のほうを向く。

「マジか、くそっ……」

(僕らのこと知ってる……?)

訝しむ出久の前で男は続ける。

「ニゲテ、ソトニタスケヲモトメニイクノモキンシダ。ニゲタラ、ソノセイトノホゴシャヲスグニシマツスル」

その時、檻の中で、がっしりとした体格の人の好《よ》さそうなお茶子の父親が格子《こうし》をつかみ、ガチャガチャと揺らして叫んだ。

「あかん！　檻が頑丈《がんじょう》でどうにもできひんわー!!」

「と、父ちゃん!!」

お茶子は穴の淵に立ち、おろおろと叫ぶことしかできない。

「た、助けて、百《もも》さーん……！」

「お母様があんなに取り乱すなんて……気をたしかに……っ」

気が動転しているせいなのか、多少棒読みぎみな母親の助けを求める声に、八百万は動揺する。八百万の母の隣で、スーツ姿の梅雨の父親が鳴く。

「ゲコッ、ゲコッ」

「危険音……ケロ……」

ふだん、常に冷静な梅雨の不安そうな鳴き声に、じわじわと不安が広がっていく。

相澤先生がやられたかもしれない。

親たちが人質に取られている。

——これは現実なんだと。

「お母さん……」

檻の中で不安そうに涙を浮かべている母親を見て、出久は血の気が引くのがわかった。

「なんで……なんでこんなこと……⁉」

そんな出久たちを追い詰めるように男の声が響く。

「ボクハ、ユウエイニハイッテ、ヒーローニナルノガ、ボクノスベテダッタノニ。ユウエイニオチタ。ユウシュウナボクガオチルナンテ、ヨノナカ、マチガッテイル。セケンデハ、ボクハタダノオチコボレ。ナノニ、キミタチニハ、アカルイミライシカマッテイナイ。ダカラ――」

「要するに八つ当たりだろうが、クソ黒マントが‼」

男の言葉を遮《さえぎ》り、爆豪が叫ぶ。

「かっちゃん⁉」

「めんどくせえ、今すぐブッ倒してやるよ……！」

そう不敵《ふてき》な笑《え》みを浮かべて、掌《てのひら》で爆発を起こす爆豪。その勢いのまま、檻へ行くつもりなのか淵の前に駆けだそうとする。

「オット、ヒトジチガイルノヲワスレルナ」

「キャア！」

男が一番近くにいた爆豪の母親を引き寄せる。その様子に、爆豪が「チッ」と舌打ちして二の足を踏んだ。その顔にわずかな焦りがあるのが出久にはわかった。

「勝手に捕《つか》まってんじゃねえよ、クソババア!!」

その爆豪の言葉に、男に捕まり怯えていた爆豪の母親の顔が一変する。

「クソババアって言うなっていつも言ってるでしょうが!!」

その場の空気にそぐわない怒号《どごう》に、一瞬、全員がきょとんとして爆豪母を見た。

「……すげー、さすが爆豪の母ちゃん」

「ヘンな感心してんじゃねえ、クソ髪!!」

唖然《あぜん》として呟いた切島に爆豪がキレる。

「爆豪さんっ、私たち、今、人質だから……」

「あっ、そうね！　そうだったわね！」

檻の中では、出久の母親が爆豪の母親に困ったように話しかけている。

「……オトナシクシテイロ」

そう言って、男は爆豪の母を突き放した。

「ずいぶん、胆《きも》の据《す》わった母上だな」

「うん、相変《あいか》わらずだな、おばさん……」

驚く飯田に話しかけられて、出久は緊張しながらも苦笑して答える。

ガキ大将だった爆豪を育てた母だ。息子《むすこ》の言いなりになるような従順な母親では務《つと》まらない。イタズラがバレた爆豪と一緒にとばっちりで出久も叱《しか》られたことがある。

（――でも、おかげで少し落ち着いた）

出久は小さく息を吐き出した。

（僕が…僕たちが今、やるべきことは人質の救出。だからまずは――）

「……それで、あなたの目的は何ですか」

犯人の要求を知らなければならない。出久は男を見据《みす》えて、なるべく落ち着いた声を意識して言う。男もじっと出久を見返してくる。

「……モクテキハ、ヒトツ。カガヤカシイキミタチノ、アカルイミライヲコワスコト。ソノタメニ、ダイジナカゾクヲ、キミタチノメノマエデ、コワシテシマオウトオモッテネ」

「……それだけのためにかっ？」

〝個性〟である太い〝尻尾《しっぽ》〟を怒《いか》りのために震わせながら憤然と尾白猿夫《おじろましらお》が吐き出す横で、切島が怒鳴《どな》る。

「俺たちが憎《にく》いなら、俺たちに来いよ！　家族巻きこむんじゃねえ！」

だが、そう言う切島たちをあざ笑うように男が言う。

「ボクガコワシタイノハ、キミタチノカラダジャナイ。ジブンヲキズツケラレルヨリ、ジブンノセイデ、ダイジナダレカガキズツケラレルホウガ、キミタチハイタイハズダ。ヒーローシボウノキミタチナラネ」

「……あなたもヒーロー志望だったのなら、こんなバカなこと、今すぐやめなさい!」

たまらず叫んだ八百万に芦戸が憤慨《ふんがい》して続ける。

「そうだよ! こんなことしてもすぐ捕まるんだからね!」

「ニゲルツモリハナイ。ボクニハ、ウシナウモノハナニモナインダ。ダカラ、キミタチノクルシムカオヲ、サイゴニミテオコウトオモッタンダ。キミタチモ、ダイジナカゾクノサイゴノカオヲ、ヨクミテオクンダナ。——サァ、ダレカラニシヨウカ……?」

人質に向かって手を伸ばす男。怯えて隅に寄る親たち。

「やめて!!」

「っ……」

お茶子が必死で叫ぶ。そんなお茶子の様子に引きずられそうになりながらも、出久は必死で頭を回す。

(お母さんたちをあそこから出すには、一緒に中にいる犯人をどうにかしなきゃならない。でも、犯人をどうにかしようとする前に、絶対に人質を盾《たて》にされる……)

「……かと言って、犯人に気づかれずにお母さんたちを逃がすこともムリそうだ……檻の周りに死角になりそうなものもないし……。それにここから檻までは数十メートルはある。檻に辿《たど》り着《つ》くまでにすぐに気づかれる……〰〰〰っ、ダメだ、思いつかないっ」

「緑谷、もっと声小さくしろ。気づかれる」

いつのまにかまたブツブツと呟いていた出久を隠すように、轟が前に立ちながら声をかけてきた。

「あっ、ごめん、つい……っ」

「緑谷くん、なにかいいアイディアは浮かんだのか」

飯田も出久の前に立ち、小声で聞いてくる。

「いや、まだ……」

「そうか……みんな、犯人の気を逸《そ》らしてくれないか。気づかれないように」

「わかった、任《まか》せろ」

「なるべく早く思い浮かべよっ」

飯田の言葉に、切島と上鳴が応《こた》えて前に出る。それに数人の生徒が続く。

それぞれ犯人に話しかけて、注目を向けさせようとする。

「あぁもう、みんななってないなぁ。犯人の注目を集めればいいんだね？　それ、僕の得意分野☆」

青山優雅《あおやまゆうが》が、キラリンと気障《きざ》ったらしくウィンクし、踊るようにみんなの前に出た。

「あのさ、そういう美しくない犯罪はよくないと思うんだよね☆　それより、僕の美しい顔を見ていれば犯罪を起こそうという気にならないと思うんだ。ねえ、君もそう思うよね？　口田《こうだ》くん！」

「あ、あの、その……うん」

青山から話しかけられて、口田甲司《こうじ》が岩のような大きな体を縮《ちぢ》こませる。

「なんで無口な口田くんに振った⁉」と小声で飯田が抗議した。ある意味、注目を集めた青山。大柄《おおがら》な砂藤力道《さとうりきどう》が「口田、困ってんじゃねえか！」と助け舟を出す。

「みんな、なんで……」

そんなみんなの様子に、思わず口をついた出久の呟きに轟が答える。

「今、手も足も出せないのはみんなわかってる。お前の奇襲にかけるしかないんだ」

「奇襲って」

「そういうの得意だろ、どうにもならない何かをぶっ壊すのは」

「……っ」

その言葉に、出久は涙腺《るいせん》がゆるみそうになるのを奥歯を噛《か》みしめて我慢した。大事な家族を任された。なら、泣いてる時間なんかない。考えろ、死ぬ気で。

（奇襲……そうだ、正面突破はムリ。犯人の隙をつければ……少しの間、動きを止められればいい。少しの時間さえあれば、飯田くんやかっちゃんなら移動できる。……ほんの少しの間でいい、犯人の動きを止めるには——）

そして、出久は思いついた。

（——そうだ、犯人に気づかれなければいい。それができるのは……）

出久は葉隠と八百万とお茶子に集まってもらった。

「スタンガン？」

「うん、なるべく目立たないように小型で威力のあるものを作ってほしいんだ」

「……それが最善ですわね。わかりました」

頷く八百万。少しして掌からポケットサイズのスタンガンを作り出し、それをお茶子に渡した。頷いて受け取るお茶子。

「塗装《とそう》は目立たぬように土色にしてみましたわ」

「私はこれと葉隠さんを浮かせばええんやね？」

「うん、これができるのは葉隠さんしかいないから」

「ちょっと待って！　今、全部脱《ぬ》ぐからっ」

そう言いながら、葉隠が制服を脱いでいく。しかし、透明な葉隠が脱いだところでただ服がなくなっていくだけだ。だが、慌てて後ろを向いた出久が「わっ⁉」と驚く。

「ひょー……‼　ＪＫの生脱《なま》ぎ……‼　体は脳内補充‼」

注意をひきつけていたはずの峰田が、いつのまにかがぶりよっていた。そんな峰田に梅雨の舌が伸びる。

「非常事態でもブレないわね、峰田ちゃん」

「ふごぉっ！」

峰田が地面に叩《たた》きつけられたのを微妙な顔で見ていた出久の肩が叩かれる。振り返るが、誰もいないように見える。しかし葉隠がいるのだ。

「準備万端《ばんたん》だよっ」

「気をつけて、葉隠さん……！」

「任せて！」

そう言う葉隠にお茶子がタッチする。するとふわふわと浮いた小型スタンガンが檻へ向かっていった。

注意をひきつけている生徒たちが、それに気づいてよりいっそう大きな声をあげる。

（頼む……どうかうまくいってくれ……‼）

出久も声をあげながら、祈るようにその行方《ゆくえ》を見守った。

生徒たちの呼びかけにうんざりしているような黒マントの男の背後に、スタンガンが辿《たど》り着《つ》く。葉隠は低い姿勢を保って移動しているらしく、スタンガンが地面すれすれをふわふわと移動している。

「ダカラ、ダマッテクレト、ナンドイエバワカル……?」

男が苛立《いらだ》ったように檻の中を歩き回る。

(もう少し、もう少し……!)

それを追うように、格子《こうし》のすぐ外でスタンガンが待機している。タイミングを計《はか》っているのだ。

「イチバンウルサイセイトノ、オヤヲシマツスレバ、オトナシクナルカナ……」

男が親を見定《みさだ》めようと足を止めた。

(今だ、葉隠さん……!)

スタンガンが格子の間から男の足元へと近づく。バチバチとスタンガンが青白い光を放ったその瞬間、男の足がそれを蹴《け》り飛《と》ばした。穴へと落ちていくスタンガン。

「あっ……!」

「ドウヤラ、ミエナイコバエガ、マギレコンデイタナ……!」

男が怒りに肩を震わせ、乱暴に鍵をあけて檻の外へ出る。そしてマントの中からライターを取り出した。

「ヒトリヒトリ、ジックリクルシメタカッタガ、ヤメタ。ミンナ、ナカヨク、ジゴクニイコウ」

「やめ……！」

出久の叫びを待つことなく、男はライターを穴に放りこむ。そのとたん、穴から勢いよく炎が上がった。

「っ……！」

熱風に息を飲む。感じる熱さで頬がピリリと痛んだ。揺らめく炎の先に見えるのは、絶望に必死に耐えようとしているような家族の顔。

「出久ぅ!!」

「お母さん!!」

救《たす》けを求めるように手を伸ばす母親に、出久も思わず手を伸ばす。

炎は風に煽《あお》られて勢いを増す。上がる炎で母親の姿が消えた。

「僕のせいだ……」

作戦は失敗してしまった。

（みんな、僕に託《たく》してくれたのに……！）

その時、絶望に崩《くず》れ落《お》ちそうな出久を、さらに後ろから突き落とすような蹴《け》りが飛んでくる。

「わっ……？」

「アホか、テメーは」

バランスを崩しながらも、なんとか振り返った出久。爆豪がいつもの険《けわ》しい顔で立っていた。そして、犯人を見据え、凶悪に笑《え》む。

「今が絶好のチャンスだろうがよ！」

「かっちゃん⁉」

爆豪はお茶子に言う。

「おい、丸顔！　俺を浮かせろ！」

「う、うん……！」

お茶子が爆豪にタッチする。そのとたん、掌で爆発を連発させながら犯人へと向かった。

出久はハッとする。犯人が檻から出ている。

「……っ」

轟が犯人目がけて氷結させた。風の速さで走る氷に抜かされて爆豪が舌打ちする。

氷は犯人の足元を氷結させた。

「クッ……！」

「この黒ずくめ野郎が!!」

動けない男に馬乗りになり、掌の上《てのひら》で爆発を起こして威嚇《いかく》する。

「俺たちも行こう！」

飯田に促《うなが》され、立ち上がる出久にお茶子がタッチする。

「ありがと！」

「父ちゃんをお願い……！」

必死なお茶子の様子に、出久は頷く。安心させる笑みができていたかどうかはわからなかったけれど。

（全身に力が行き渡るイメージ――）

出久はオールマイトから譲り受けたワン・フォー・オールの力を全身に行き渡らせる。

血が、筋肉が、細胞が強大な力に打ち震えるのを感じながら、出久は飯田とともに檻へと飛ぶ。犯人を氷結させながら轟と常闇もそれに続いた。

穴の底からの炎に炙《あぶ》られながら辿り着いた出久に、母親が駆け寄る。

「出久！」

「お母さんっ、大丈夫⁉」

慌てて頷く母親に頷き返して、すぐに爆豪の元へ駆け寄る。

「かっちゃん！」

爆豪は掌から爆発を起こしながら、犯人を地面に押しつけていた。

「こんな雑魚《ざこ》、俺一人で十分なんだよ。クソが」

「勝己《かつき》っ、アンタ、またクソなんて言って！」

「うるせえ、クソババアが！」

檻から出てきた爆豪の母親が、感動の対面も忘れて食ってかかる。出久がその光景に苦笑したその時、爆豪の下で犯人がマントから腕を出した。その手には何か小さなものが握《にぎ》られている。

「それ――」

出久がハッとして、その腕に手を伸ばす前に、男の親指がその手に握られているものをカチッと押した。

直後、出久たちの下で爆発が起こった。そして檻が乗っているリンゴの芯のような地面が揺らぐ。

「な……っ⁉」

「何した、テメエ！」

爆豪が犯人に詰め寄る。

「イッタダロウ？　ナカヨクイッショニジゴクイキダ」

そう言って男が開いた手の中にあったのは何かのスイッチだった。

「爆弾をしかけてあったのか……っ、うわっ……！」

そう言った飯田が揺れる地面にバランスを崩す。

「おい！　下が崩れそうだ！　早く避難しろ!!」

穴の向こう側で尾白が叫ぶ。その周りでは八百万が作り出した消火器でお茶子たちが炎を消そうとしている。だが焼け石に水だ。

「あかん！　こんなんじゃ間に合わへん……っ」

「猛烈《もうれつ》な炎を消すより、もっと合理的な……そうですわ……！」

八百万は何かを思いついたようにハッとする。

「キャア！」

大きく傾く地面に、保護者の母親たちから悲鳴があがる。炎に崩れ落ちそうな取り残された檻の塔がとっさに手を伸ばしたかのように、轟が穴の向こうへと氷を伸ばす。氷でなんとか繋《つな》ぎとめられている塔。だが、氷の橋は炎天下《えんてんか》のソフトクリームのようにたちまち溶《と》けていく。

「さぁご婦人から先に！　俺につかまってください！」

「で、でも、あっ……」

その間にもリンゴの芯のような地面はさらにぐらつく。炎は勢いを増して、塔ごと飲みこんでしまいそうだ。保護者たちが不安そうに身を寄せ合う。出久の母親が涙をこらえながら、出久を見た。

「出久……っ」

「っ……」

（――大切な人を守れずに、なにがヒーローだ……!!）

母の顔を見て、出久は震えそうな口元で笑った。

「――大丈夫だよ、絶対救《たす》けるから」

「出久……」

出久は必死で頭を回す。

（一人一人じゃ間に合わない……ッ、全員を一度に運ぶには……）

その時、出久の耳に轟の声が飛びこんできた。

「くそっ……早くしろ……！」

轟が氷結を続けていた。続けて凍らせることで氷の橋は厚みを増す。けれど、いたちごっこのように凍らせるそばから溶けていく。

「氷の橋……滑《すべ》る……滑る……？　そうか……っ」

ハッとして出久は叫ぶ。

「滑り台……!!」

「どうした、緑谷くんっ？　こんな時に！」

「滑り台だよっ、飯田くん！　ほら、こないだ救助の授業で……！」

「救助袋か」

轟が訂正する。

「そうか！　つまりこの氷の橋を滑って避難するということだな！」

「もう時間がないよ、八百万さんになにか大きなシートを作ってもらって——」

「もうそろそろできますわ……！」

穴の向こうで、上着を脱いだ八百万の背中からシャツを破って大きな布のようなものが出てきた。

「防火シートですわ。さっきから作っていましたの。麗日さん、瀬呂くん、お願いします！」

「はいっ」

「いくぞ、せーの……！」

シートを受け取ったお茶子がタッチしたものを瀬呂へと渡す。瀬呂の〝個性〟は〝テープ〟。肘《ひじ》からセロハンテープのようなものを射出することができるのだ。テープの先にシートをつけて塔へ向かって射出する瀬呂。

「受け取れ、黒影《ダークシャドウ》！」

「アイヨ！」

切り離されたテープをつけたまま飛んできたシートを黒影《ダークシャドウ》が受け止め、出久に渡す。

「ありがとう！　さすが八百万さん……！」

そう言いながらシートを広げる。

「みなさん！　これの上に乗ってください！」

グラグラと足元がおぼつかない揺れの中で、保護者たちが防火シートの上に乗る。

「葉隠さん乗った!?」

「乗ってる！」

「飯田くんの〝エンジン〟で引っ張って、僕たちが後ろから押すのがいいと思う。轟くんはギリギリまで氷結していてほしい」

「わかった」

氷結を続けながら轟も頷く。

「犯人はどうする」

常闇が言う。爆豪が犯人を引っ張り上げ立たせていた。犯人はすでに反抗する気をなくしているのか、大人《おとな》しくなっている。

「おいていくわけにいかないけど――」

「ヘンな真似《まね》したら、俺が爆破する」

その時、また大きく地面が傾く。

「行こう！　緑谷くん！」

飯田が先頭で、シート両端を後ろ手で持ちながら出久を振り返る。

「――うん……!!」

「最初から全開だ……トルクオーバー……レシプロバースト……!!」

走り出す飯田のふくらはぎにあるエンジンから爆音とともに黒煙が噴き出す。トルクと回転数を上げ、一度使うとエンストを起こしかねない爆発力を生む飯田の裏技《うらわざ》だ。

「ぐっ……！」

瞬間、引っ張られた速度に負けないようにと、後ろから押す出久と常闇と爆豪。後ろのシートの両端は黒影《ダークシャドウ》が持ち上げている。轟は直前でシートに転《ころ》がりこんでいた。

飯田の疾風《しっぷう》のような駿足《しゅんそく》はあっというまに氷の橋を滑り渡る。まるで箍《たが》の外《はず》れた暴走機関車のようだ。保護者たちに叫び声をあげる暇も与えず、飯田の足は穴の向こうの地面を踏む。

「やっ……あっ？」

祈る気持ちで待っていたお茶子たちが喜びの声をあげようとしたその瞬間、大きな音を立てて塔が炎の中に崩れ落ちる。それは氷の橋に伝わり、シートが通り過ぎるのを待たずにその下で折れ、炎に飲まれた。足場を失《な》くした出久たちはとっさにつかんだシートの端《はし》にぶら下がるしかない。

「うわぁ……!?」

「っ……あっ」

その拍子《ひょうし》に、出久のポケットから手紙が落ちた。羽のように舞い上げられながら、手紙は燃えて消えていく。

「くっ!!」

シートごと落ちそうになるのを、飯田が察知して踏ん張り引っ張る。慌ててお茶子たちも続く。

「せーの……!!」

立ち上《のぼ》る炎に飲まれそうになる瞬間に引き上げられる。だが、その反動で汗で手を滑《すべ》らせたのか、シートの端にいた出久の母親の体が弾《はじ》かれるように宙に浮いた。

「キャ……!?」

「お母さ……!」

投げ出されかけたその時、いつの間にか母親の後ろにいた犯人が、それを咄嗟《とっさ》につかんで引き戻す。

「っ……!?」

瞬きの間の出来事に気づいたのは出久と母親だけだった。

その一瞬後、全員を乗せたシートは無事、こちらの地面に着いていた。

「助かった……」

と呟く出久に母親が駆け寄ってくる。

「大丈夫!? 出久……っ」

「お母さんこそ……っ」

大粒の涙を零《こぼ》しながら自分の体をさすってくる母親に、出久は顔をしかめた。

(また心配させちゃった……)

けれど、次の瞬間にハッとして犯人の姿を探す。

「犯人は……っ」

犯人は少し離れて立っていた。

「オメデトウ、コレデ、ジュギョウハオシマイダ」

「は？　なに言って……」

「捕まえとけ、とりあえず学校に知らせねえと……！」

「それに相澤先生を――」

みんなが顔面蒼白《そうはく》になるなか、聞きなれた無気力そうな声が聞こえてきた。

「はい、先生はここです」

倒壊したビルの陰《かげ》から出てきたのは、ふだん通りの相澤先生だった。

「……は？」


その姿に目を丸くする生徒たち。飲みこめない事態に生徒たちがそれぞれ困惑《こんわく》するなか、何ごともなかったかのようにやってきた相澤は、保護者たちに向かって言う。

「みなさん、お疲れ様でした。なかなか、真《しん》に迫っていましたよ」

「いや〜、お恥ずかしい！　先生の演技指導の賜物《たまもの》ですわ！」

豪快に笑うお茶子の父親に、責務から解放されたようにホッと息を吐く八百万の母親。

「緊張しましたわ」

その近くで梅雨の父親が爆豪の母親に話しかける。

「爆豪さんがキレた時はどうなることかと思いましたケロ」

「すみません〜っ、つい……」

さっきまで恐怖におののいていたはずの保護者たちが、急に和気あいあいと話しだした。

ポカンとしたままの生徒たちの顔に、相澤が言う。

「まだわからねえか？　わかりやすく言うとドッキリってヤツだな」

生徒たちの「はー!?」という叫びが模擬市街地に響き渡る。

「は、犯人も……!?」

「えー……この人は劇団の人です。頼んできてもらいました」

「エッ……ア、ハイ。オドロカセテゴメンネ？」

黒マスクマント姿で可愛《かわい》らしく首をかしげる犯人に、「マジかよ〜っ」と上鳴が脱力する。その横で爆豪がチッと舌打ちした。

「どうりで手ごたえねえ、クソモブだったぜ」

「ちょっと待ってください！　さすがにやりすぎなのでは……!?　一歩間違えば、ケガどころではすみません！」

ためらいながらも抗議する八百万に相澤は淡々と答える。

「万が一には備《そな》えてある。やりすぎってことはない。プロのヒーローは常に危険と隣り合わせだからな。ヌルイ授業が何の身になる？」

「それは……そうですけど……」

相澤はじっと八百万を見据えて、ゆっくりと口を開いた。

「……怖かったか？　家族になにかあったらと」

「——はい、とても」

八百万は神妙《しんみょう》に答える。

「身近な家族の大切さは、口で言ってもわからない。失《な》くしそうになって初めて気づくことができるんだ。今回はそれを実感してほしかった」

相澤は生徒たちを見回す。

「いいか、人を救《たす》けるには力、技術、知識、そして判断力が不可欠だ。しかし、判断力は感情に左右される。お前たちが将来ヒーローになれたとして、自分の大切な家族が危険な目にあっていてもヘンに取り乱さず、救《たす》けることができるか。それを学ぶ授業だったんだよ。授業参観にかこつけた、な。わかったか、八百万」

「……はい」

頷く八百万。だが、心の中で出久も頷いていた。相澤が「それともう一つ」続ける。

「冷静なだけじゃヒーローは務まらない。救《たす》けようとする誰かは、ただの命じゃない。大切な家族が待っている誰かなんだ。それも肝《きも》に銘《めい》じておけ」

相澤の言葉をじっと聞いていた生徒たちは「――はい」と神妙に頷いた。

「で、結果的には全員救《たす》けることができたが、もうちょっとやりようあっただろ」

「は？」

「犯人は一人だぞ。わらわらしすぎだ。無駄《むだ》な時間が多い。それにスタンガン？　もっと合理的なもんがあるだろ。それから犯人の注意をひきつけるのに、話しかける一辺倒《いっぺんとう》は芸がなさすぎる。他にいろいろ言いたいことはあるが……まぁギリギリ合格点だ」

「っ」

相澤からの一応もらった合格点という言葉に、頬をゆるませる生徒たち。

「今日の反省点をまとめて、明日提出な」

疲れきった生徒たちが不満の声をあげるなか、飯田が手を上げる。

「あ、あの感謝の手紙の朗読は……！　ドッキリをカモフラージュするための合理的虚偽だったのですか⁉」

「改めて手紙を書くことで、ふだんより家族のことを考えただろ？」

「たしかに……！」

食い下がった飯田が相澤の言葉にあっさりと深く納得した時、授業終了のチャイムが鳴った。

「それじゃ、今日はこのまま解散。保護者の皆様、ご協力ありがとうございました」

相澤の礼に保護者が礼を返して、それぞれの生徒が保護者の元へ向かう。

「天哉、最後の活躍すごかったわね」

「今日、母さんの１００％絞りたてオレンジジュースを飲んだからかもしれません」

誇らしげな飯田の近くで、お茶子が父親に背をさすられている。

「大丈夫か、お茶子」

「ホッとしたら今頃……おええ」

「がんばったもんな！」

「……うん！」

その近くでは爆豪親子が言い争っている。

「どうしてアンタは口が悪いの！」

「ババアに似たんだろが！」

「私はアンタにつられたの！」

少し離れた別の場所では、姉の冬美《ふゆみ》と轟が話していた。

「授業参観、私でよかったかも……。お母さん、人質役なんかやったら倒れちゃいそう」

「あぁ」

「轟さん」

そこへ相澤がやってきた。会釈《えしゃく》されて冬美も返す。

「雄英ではヒーロー基礎学の授業はほぼ記録に残します。今回も。なので、よかったら記録映像を後日、お渡しできますが」

「えっ、いいんですか⁉」

「ええ、ご家族で鑑賞してもらうぶんにはかまいません」

そう言って相澤は去っていった。

「ありがとうございますっ」

と冬美は後ろ姿に頭を下げる。

「ビデオのこと、お母さんに見せるって気づいてくれたのね。後で、焦凍からもお礼ちゃんと言うんだよ？」

「……わかってる」

「お母さん、きっと喜ぶよ」

「……あぁ」

轟の頬がかすかにゆるんだ。その近くでは、出久の母親が出久に謝《あやま》っている。

「黙っててごめんね！　これも授業の一環《いっかん》だって相澤先生に聞いて……私で協力できることがあるなら、がんばらなきゃって」

申し訳なさそうに謝る母親に、出久は苦笑して「もういいよ」と首を振る。そしてチラリと紺色のスーツを見た。土埃《つちぼこり》などで、ところどころ汚れている。

（だから、汚《よご》れが目立たない、って言ってたんだ。僕もまだまだだなぁ）

不甲斐《ふがい》なさを感じて息を吐く出久に、母親が「でも……」と続ける。

「……『大丈夫だよ、絶対救《たす》けるから』って言った時の出久、本当のヒーローみたいだったよ……！」

そう言って、目を潤《うる》ませながら微笑《ほほえ》む母親。

その笑顔に、出久は胸が熱くなった。

（少しは、安心させることができたかな……？）

MASH
MY HERO ACADEMIA
僕のヒーローアカデミア
雄英白書

恥ずかしいような、嬉《うれ》しいような、誇らしいような温かい気持ちに、自然と笑みがこぼれる。そして、燃えた手紙のことを思い出した。

(手紙じゃなくても、ほんの少しでも伝えなきゃ)

「……あのね、いつも心配かけてごめん。でも、僕、がんばりたいんだ、もっと……もっと。だから……」

「うん、お母さん、いつも見守ってるからね」

母親の目がさらに潤む。一見頼もしく見える笑顔と言葉の裏に、心配を隠しながら。それに気づいて、出久も涙をこらえながら言った。

「ありがとう」

「今日はかつ丼《どん》にしようか」

「うん！」

ぞろぞろとバス停に向かう面々に倣《なら》って出久たちも歩きはじめた時、少し離れて立っていた犯人役の黒マスクマントに母親が気づく。

「そうそう、あの人にお礼言わなきゃ……！」

そう言って母親が黒マスクマントに近づいて、「さっきはありがとうございました！」と頭を下げた。出久もあわててそれに続く。

「イヤ、トウゼンノコトヲシタマデデス！　ブジデヨカッタ！」

そう言う黒マスクマントを出久はじっと見上げた。

「……ナンダイ？　ワタシノカオニナニカツイテイルカイ？　マァ、マスクヲツケテイルケド!!」

「……お母さん、先にバス停に行っててくれる？　すぐ行くから！」

「？　うん、わかった」

母親が去った後、出久は黒マスクマントをじっと見上げながら、口を開く。

「……あの、もしかして……オールマイト？」

「……ヨクワカッタネ、ミドリヤショウネン」

そう言いながらあたりに人がいないことを確認して黒マスクをはずした男は、トゥルーフォームのオールマイトだった。出久は「やっぱり！」と目を輝かせる。

「教師のなかじゃ、この姿の私が君たち生徒に一番バレないだろうということでね。相澤くんに厳しく敵《ヴィラン》っぽい演技を指導されたり、映像を観ていろいろ研究してみたんだ。最後までバレないと思っていたんだが」

「全然気づきませんでした！　でも、最後にお母さんを救《たす》けてくれた時、この人、ヒーローなんじゃないかって思ったんです。一瞬の迷いもなかったし、慣れてたように感じて……。で、そう思ったら、オールマイトと同じくらいの背だなって……」

「ハハッ、性《さが》だね。考えるより先に手を出してしまった」

「改めて……お母さんを救《たす》けてくれて、本当にありがとうございましたっ」

深く頭を下げる出久。だが、その頭が上げられなかった。

「どうした、緑谷少年」

頭を下げたまま、出久は情けないように悔《くや》しそうに言う。

「やっぱりまだまだ、まだまだまだまだだなって……。あそこでオールマイトがお母さんを救《たす》けてくれなかったら、今頃……」

お母さんがケガでもしていたら。そう思うと自分の不甲斐なさが身に沁《し》みる。

そんな出久にオールマイトの声が降ってくる。

「……どうも私はせっかちでいけない。私が救《たす》けなくても、君は救《たす》けていたさ」

「でも……」

「謙虚《けんきょ》も度がすぎるとイライラするぞ！」

「ええっ、オールマイトにイライラされたら僕は……！」

涙目でバッと顔を上げた出久の肩をバンバン叩きながらオールマイトが笑う。

「ハーッハ！　イッツアメリカンジョークさ！」

「どこらへんがアメリカンなんですか……」

がっくりとする出久にオールマイトはニカッと笑って言う。

「謙虚なのもいいが褒《ほ》め言葉は素直に受け取ってくれよ。冗談抜きで今日の少年は頼もしかった。人質を全員救《たす》けようとする気迫、少ない時間の中で作戦を立てる冷静さ、そして仲間との協力……。敵《ヴィラン》として、君に苦しめられたくらいだ。手強《てごわ》いヒーローたちだとね」

「オールマイト……!!」

憧《あこが》れのヒーローからの賛辞《さんじ》に、出久の涙腺が決壊《けっかい》した。オールマイトはバケツをひっくり返した雨のように降ってくる出久の涙に濡《ぬ》れながら、呆《あき》れたように言う。

「だから、その泣き虫は早く治したほうがいいぞ!」

「ずみばせん〰〰!!」

けれど、一度壊れた涙腺はなかなか元に戻りそうになかった。カッコ悪いと思いつつ、止めようにもすぐには涙は止まらない。

(今はカッコ悪くても、いつか笑顔で人を救《たす》けられるヒーローに……!)

出久は泣きながらも、ニッと笑った。

いつか、誰かを救《たす》けるヒーローのように。

Part《パート》. 7

エピローグ

雄英《ゆうえい》高校の校門前に慌《あわ》ててやってくる人影があった。

筋骨隆々《きんこつりゆうりゆう》で不敵《ふてき》な面《つら》がまえ、炎のヒゲをたくわえている、燃焼系ヒーロー・エンデヴァー。轟《とどろき》の父親だ。

だが、校門を通ろうとしたそのエンデヴァーの目の前で、ぶ厚いゲートがドガガッと閉《し》まる。

「なっ……！」

いくら生徒の保護者とはいえ、有名なヒーローとはいえ、そして卒業生とはいえ、厳重なセキュリティシステムの校門ゲートは学生証や通行許可ＩＤのない人物は決して通れないのだ。

「開《あ》けろ！　授業参観が終わってしまうだろう！」

知っていつつも時間が惜しく、そのゲートを乱暴に叩《たた》くエンデヴァー。手には『授業参観のお知らせ』と書かれた薄っぺらい紙が一枚握られている。

デスク下に落ちていたそのＦＡＸをエンデヴァーがみつけたのは、ついさっきのこと。

授業参観は、母親の件があり、必要以上に自分から近づきもしないし、会話もしない息子の成長具合を確認できる貴重な機会なのだ。

ハッと思い出したエンデヴァーはゲートを叩きながら、

(そうだ、アイツに連絡すれば……)

憎き目の上のたんこぶ、雄英の教師になったオールマイト。オールマイトなら、ゲートを開けるくらいわけもない。

だが、エンデヴァーの顔が不機嫌《ふきげん》そうにしかめられていく。

(アイツ、数日前にヘンな留守電残しやがって……)

即座に消去したエンデヴァー。憎きライバルに頼みごとなどできるはずもない。

だが、その時、ゲートを叩き続けるエンデヴァーの祈りが通じたかのように、ゲートが開いた。

「おや、誰かと思えばエンデヴァーじゃないか。久し振りだね」

そこにいたのは妙齢《みょうれい》ヒロインのリカバリーガール。注射器型の杖《つえ》をついて歩く、おだんごヘアがキュートなおばあちゃん看護教諭だ。

「リカバリーガール、ご無沙汰《ぶさた》しております」

OBとしてきちんと挨拶《あいさつ》するエンデヴァーにリカバリーガールが尋ねる。

「ところで、今日はどうしたんだい？」

「今日はじゅ……」

ハッとするエンデヴァー。

ナンバー2《ツー》ヒーローである自分が、わざわざ時間を割《さ》いて息子の授業参観にやってきたとは言えない。言葉だけ聞けば、まるで子煩悩《こぼんのう》なマイホームパパのようではないか。

上昇志向が強くプライドが高いエンデヴァーに、それが事実であろうがなかろうが、言えるはずもなかった。ヒーローとは常に強くあらねばならない。子煩悩な父親のイメージなど不要なのだ。

大げさな仕草《しぐさ》で咳《せき》ばらいをして、口を開く。

「む……今日はその…　…たまたま通りかかっただけだ。久しぶりに母校の様子《ようす》でも見て行こうかと……」

「そうかい、そうかい」

隠したが、授業参観のことが気になる。早くしなければ終わってしまう。

なんとかしなければと内心焦《あせ》るエンデヴァーに気づく様子もなく、リカバリーガールは何かを思い出したように「そういえば」と声をあげた。

「アンタの息子、ヒーロー科だったね」

「……！　そうなんだ、リカバリーガール!!」

渡りに船のようなリカバリーガールの言葉にエンデヴァーは食いついた。

「今日は授業参観でね。1年A組は、保護者を人質にしたドッキリ授業らしいよ。なにも知らない生徒たちが、どうやって人質救出するのかね」

「ほう、それは手のこんだ……」

エンデヴァーは息子の活躍を夢想《むそう》する。自分の遺伝子を受け継いだ最強の〝個性〟を持つ我が〝伜〟が、活躍しないわけはない。そう夢想して、エンデヴァーは思い直す。その遺伝子の成長具合を確かめるのは、自分の義務だ。断じて、子煩悩なマイホームパパなどではない。

「ならば、せっかくだから観《み》ていくことに——」

「あ、それもうとっくに終わったよ」

「なっ……!!」

愕然《がくぜん》と立ち尽くすエンデヴァー。

「ずいぶん盛りあがったみたいだけどねぇ」

「もっと早く知っていれば……!!」

思わず本音がもれてしまったエンデヴァーに、リカバリーガールがニヤリと微笑《ほほえ》む。

「たまたま通りかかったなんて言ってたけど、本当はわざわざ観にきたんじゃないのかい？　素直におなりよ。さっきから見えてるよ、『授業参観のお知らせ』が」

「っ!!」

エンデヴァーは慌ててＦＡＸを燃やす。証拠隠滅《いんめつ》だ。

「アンタねぇ、ヒーローが私用で〝個性〟を使うんじゃないよ」

「はて、なんのことか……リカバリーガール、老眼《ろうがん》が進んだのでは？」

呆《あき》れるリカバリーガールに、エンデヴァーはわずかに顔をひきつらせながら思う。

（くそう！　ＦＡＸがデスク下に落ちてさえいなければ……!!）

なぜ、ＦＡＸが落ちていたか。それは、絶対に来てほしくないという息子の一念《いちねん》だったのかもしれない。

MY HERO ACADEMIA
僕のヒーローアカデミア
雄英白書

オーディエンス諸君《しょくん》!

CM《コマーシャル》ライヴへようこそ!!

“ボイスヒーロー” プレゼントマイクが リスナーのために ゴートゥーヘヴン 確実《かくじつ》なナイスアイテムを プレゼンするぜ!!

ヴィジランテ
-僕《ぼく》のヒーローアカデミア コマーシャル-

「僕《ぼく》のヒーローアカデミア」

スピンオフってなに?

本編《ほんぺん》のワールドや キャラをシェアし 「ヒロアカ」に更《さら》なる 魅力《みりょく》をプラスした 超絶《ちょうぜつ》ホットな作品《さくひん》さ
サイドストーリー満載《まんさい》の 小説《しょうせつ》『雄英白書《ゆうえいはくしょ》』は生徒《せいと》&《アンド》 教師《きょうし》たちの日常《にちじょう》が拝《おが》め
大好評発売中《だいこうひょうはつばいちゅう》!!

『最強《サイキョー》ジャンプ』連載中《れんさいちゅう》の 『チームアップミッション』は 超絶画力《ちょうぜつがりょく》でお届《とど》け!!

絶賛発売中《ぜっさんはつばいちゅう》!!

そして! ラストに 紹介《しょうかい》するのは
プロヒーローも レギュラー出演中《しゅつえんちゅう》!!

コミックス 重版出来中《じゅうはんしゅったいちゅう》!

『ヴィジランテ』

超《ちょう》ド級外伝《きゅうがいでん》の セールスポイントを クール&《アンド》ヘヴィーな 「鉄拳掃除人《てっけんそうじにん》」 ナックルダスターに 紹介《しょうかい》してもらうぜ! アーユーレディ!?

Plus《プルス》 Ultra《ウルトラ》!!

頑固一徹《がんこいってつ》
鉄拳《てっけん》オヤジ大絶賛《だいぜっさん》！
読《よ》めば読《よ》むほどスカッとするぞ！
VIGILANTE
ヴィジランテ
僕のヒーローアカデミア
1
JUMP COMICS
全《ぜん》⑮巻《かん》、
大好評発売中《だいこうひょうはつばいちゅう》!!!
こんな感《かん》じでOK《オッケー》だろう？
もう少《すこ》し説明《せつめい》しましょうよ…
コミックス買《か》ってね♥

■初出
僕のヒーローアカデミア 雄英白書　I　1–A：授業参観　書き下ろし

[僕のヒーローアカデミア 雄英白書]　I　1－A：授業参観

2016年4月9日 第1刷発行
2024年11月18日 第19刷発行

著　者／堀越耕平 ◉ 誉司アンリ

編　集／株式会社 集英社インターナショナル
〒101-8050　東京都千代田区一ツ橋2-5-10
TEL　03-5211-2632(代)

装　丁／阿部亮爾〔バナナグローブスタジオ〕

編集協力／佐藤裕介〔STICK-OUT〕

編集人／千葉佳余

発行者／瓶子吉久

発行所／株式会社 集英社
〒101-8050　東京都千代田区一ツ橋2丁目5番10号
TEL　編集部：03-3230-6297
読者係：03-3230-6080
販売部：03-3230-6393（書店専用）

印刷所／中央精版印刷株式会社

Printed in Japan　　ISBN978-4-08-703391-5 C0093

検印廃止

JUMP j BOOKS